シングル父さん子育て奮闘記

木本　努

はじめに

ガン告知から半月で旅立った妻・フミコ

突然ですが、明日からシングルファーザーになったらどうしますか？
急に妻に先立たれたり、家を出て行かれたりしたら……。

家のことは誰がしますか？
近親者のヘルプもありますが、基本は父親、お父さんです。
そう、自分で全てすることになります。
今、家事の何ができますか？

今までは夫婦の役割分担で夫の私は仕事がメイン。妻は家事全般に子育て、学校、地域の関わりが役割となっていました。妻と死別してからは妻の役割を担うことになりました。家事はしたこともなかったし、学校のこと、地域のこと、全て妻まかせでした。家事は想像以上に大変で「手を抜けば」と言われましたが、手を抜けば溜まるのが家事でした。家事には終わりがないことを知りました。


「ただいま、あれトーストの匂いがする」

「おとうさん、お帰り」

「トースト食べた？」

「食べたよ、お腹減っていたから」

「遅くなってごめん、今日の晩ご飯は何？」

　冷蔵庫の中を確認しながら、

「小松菜のお浸しと、から揚げと味噌汁かな」

「了解！」


　帰宅した三男との夕食前の会話だ。

　これが私の日常。毎日、仕事から帰ると夕飯を作り、子どもと一緒に食べて、まだ口いっぱいにほおばったまま、ごちそうさまでした。まだ口いっぱいにほおばったまま満足げに「おいしかった」という子どもの声を聞いてもうひと頑張り後片付けに取り掛かる。

妻を亡くすまで、料理はもちろん家事全般ができなかった。けれど、悲しみの中、毎日を必死に過ごしていたら、自然と手際良く家事が身についてきた。そして、他にもたくさんの経験と体験のおかげで気づいたら両手いっぱいに溢れる財産ができていた。

これは、愛妻を8年前にガンで亡くした主夫・9年生の私を、親として、人として、ちょっとずつ前に進んでいく父親を、たくましく引っ張ってくれた3人の子どもたちの物語です。

目次

目次

第1話　生い立ち

ごく普通のサラリーマン

１９６３年12月、私は京都に生まれ、京都で育った。父親は京都・西陣で有名な和菓子店の番頭。根っからの職人だった。母親は専業主婦で、社交的な地域密着のおばちゃん。学校から帰宅するといつも近所のおばちゃんが家にいて賑やかにおしゃべりをしていた。

「一度に２つは手に入らない」

母親のそんな口癖がいつも聞こえる家庭で育った。

22歳のとき、ご縁がありダスキンの加盟店で働くことになった。社員は私１人でアルバイトが３名の小さな会社だった。

社長からも「靴を揃えましょう」など、社会生活の初歩的なことを朝礼時に言われ、母親からも幼い頃に同じことを口酸っぱく言われていたので、お客さまのところに行くとついつい玄関の靴に目が行く。

ある時、訪問した先でお客さまの靴を揃えていて、ひょいと顔を上げるとそこに、靴の持ち主が立っていて、「ダスキンさん、靴を揃えてくれるのはありがたいけど、私がいないところでしてくれますか？　気配りが嫌みに映るよ」と言われたことがある。若かったのでそんなことを考えもしなかった。

時代はバブル期、電話注文も多かった。職場の人も入れ代わり立ち代わりで、3年が経つ頃には、私は3人の部下を抱える現場のリーダーになっていた。現場に出るだけではなく人の管理へと仕事内容は変化していく。当然、責任も増した。けれど、朝7時半に出勤、夜8時半に帰宅して、母親とご飯を食べ、友達と遊ぶ。そんなルーティンに飽きてしまった。

「このままでいいのかなぁ？」

そう思っては溜め息をついた。何か刺激が必要だと思う25歳だった。

MLB観戦のためアメリカへ

入社して4年目の1989年の春、社長にこう直訴した。

「2週間、有給休暇をもらえますか？」

父親がプロ野球のタイガースファンだった影響で、私も野球が好きだった。中学の時にＭＬＢのシンシナティ・レッズ（ナショナルリーグ中地区所属のプロ野球チーム）が来日した際には、甲子園まで観戦に行った。その中でも大好きだったピート・ローズ選手が、１９８９年に野球賭博で永久追放になるかもしれないと報道され、「絶対に観に行かなければ」と思った。今まで一度も取ったことのなかった「有給」の取得を、ダメ元で懇願した。「段取りできるのであれば行っていいよ」と社長の口からはあっさりＯＫが出た。「ええ？　行っていいんですか？」と、まさかのＯＫにガッツポーズ（笑）。航空券を取り、飛行機を３回乗り継いでオハイオ州のシンシナティへ向かった。

到着してスタジアムに入ると、今までの人生の中で一番の感動が込み上げてきた。興奮が止まらなかった。周りを見渡しても日本人はいない。高ぶる思いで、ＭＬＢの光景を目に焼きつけた。

ダウンタウンで「日本の方ですか？」と女性に声をかけられた。話をすると、神戸出身でシンシナティの商工会議所に勤めている方だった。名前はＭＩＫＡさんと言う。

「観光ですか？」「野球を観戦に？」と驚かれた。

帰国し仕事に戻るとお客さまから、「君、ＭＬＢは面白かったか」「どんな球場なの」など興味津々で話を聞かれる。

知らず知らずの間にセールストークになっていた。帰国後もこの旅で得た感動が忘れられず、これからも2年に一度はＭＬＢ観戦に行こうと思った。そのためだと思えば、これまで以上に仕事を頑張ることができた。

フミコと再会、そして結婚

１９８９年の年末、不覚にも仕事で足首を亀裂骨折する。繁忙期のため仕事は休めない。松葉杖をつきながら仕事をした。年が明けた１９９０年1月中旬、ようやくギプスが外れたので、久々に四条河原町に繰り出した。

交差点を歩いてると、見慣れた顔が……。

「えぇ？」

偶然出会ったのは、高校の同級生の宮﨑富美子さんであった。お互い急いではいなかったので、「コーヒー飲みに行く？」と声をかけて、近くのカフェに入った。

バーバリーのトレンチコートに身を包んだ彼女は、いかにもＯＬ風で、高校時代のイメージよりよく喋り、笑顔の可愛い女性になっていた。彼女は短大を卒業して「株式会社ワコールホールディングス」に入社していた。高校時代のテニスは今でも続けていると言った。

ＭＬＢの話をするとびっくりして、

「英語って喋れるの？」

「喋れるわけないよ（笑）」

「ひとりでしょう？　よく行ったね？」

「なんとか」

「私はフランスに行きたいなぁ」

「行きたいときに行かないと行けないよ」

「またアメリカに行くの？」

「今年は無理かなぁ？　来年は行く！」

そんな、他愛のない話をして、「またね」と別れた。

短い時間でたくさん話はできたけれど、いかにも同級生の普通の再会、という感じだったので、まさか彼女と結婚することになるとは思わなかった。

その後も共通の友達が沢山いたので、食事に行ったり、遊びに行くことが増え、いつしかおつきあいが始まった。しかし、1991年1月、私の心無いわがままで別れてしまう。別れを少し引きずりつつ、私は4月に2度目のシンシナティへと飛んだ。前回の旅行で知り合ったMIKAさんと帰国後にも連絡を取っていて、今回はMIKAさん一家の家にお世話になることにした。すると、こんな提案をしてくれた。

「シカゴに行かない?」

勧められるままに、小さなプロペラ機に乗ってシカゴへ。シカゴは、ループ(高架鉄道の環状線)が走り、独特の匂いがする街だった。カブスの試合にも大興奮し、シカゴにも魅了されてしまった。

「またシカゴに来たい!! いや、必ず来る!」

そうして、再び仕事スイッチがONになった。

仕事に打ち込みつつ、別れてしまった富美子さんのことはいつも頭の片隅にあった。また、どこかで会いたいと思ってもいた。

「今さら電話もなぁ…」。そう思って手紙を書くと後日、彼女から連絡があり、1992年1月25日に会うことになった。

ちょうどそのとき、退職するかどうかで悩んでいると聞いていた会社の社員から、25日の朝に「辞めます」と報告を受けた。私にとって大切な部下であり、仲間でもある社員の気持ちを聞かないわけにはいかない。できれば仕事を続けてもらいたいのだ。彼女には申し訳ないと思いつつ、社員に夜に話をしたいから、「7時半に『空馬』に来てほしい」と伝えた。

彼女とは、夜7時に『空馬』の前で待ち合わせ。店に入ると、少し緊張気味のフミコがいた。

「待たせてごめん。元気やった。突然の手紙で」

「びっくりしたよ！」

「あのー、重ね重ね悪いんだけど、今から社員が来るんだ。今朝、会社を辞めると報告を受けたけど大事な部下だから残って欲しくて、どうしても今日話をしたいから呼んだ。話が終われば先に帰ってもらうから。少し横で待っててくれない？」

フミコは快諾し、部下と話をしている間も待っていてくれた。部下は「頭の中を整理してもう一度考えます」と言って店を出た。「ふうー」と深呼吸して彼女に「ごめんね。無理を言って」とわびた。結局、自分たちの話はほとんどできないまま、店を出ることになった。再会が出来て嬉しいという気持ちよりも申し訳ない気持ちでいっぱいになりながら、「鴨川を歩こうか?」と提案すると、フミコもうなずいてくれた。

鴨川辺を歩いていると、自然と言葉が口を突いて出た。

「ううん、私も悪かったから」と彼女も言ってくれた。少しの間沈黙が流れた。

素直になるなら今しかないと思った。「もう1回、戻ろっか?」「うん」その瞬間に手を繋いで歩き出した。1年間の空白が埋まったとは思わない。でもまた2人の日々を始められるんだと思った。

その後、互いに会わなかった間の気持ちを聴くこともなかった。「戻ろっか?」の一言にはすべてが含まれていることを、理解してくれていたようだ。

1993年5月に結婚することになった。結婚にあたって細かいことは言わなかったが、ただ一つお願いしたのは、「新婚旅行は野球を観に行こう!お願い」だった。彼女もニヤリと笑って賛成してくれた。

新婚旅行は、シアトル~シンシナティ~シカゴの行程。12日間で9試合観戦というハードスケジュールだった。この時にも、シアトルに引っ越していたＭＩＫＡさん一家にお世話になった。新婚旅行中は、毎晩球場で食べるホットドッグがディナー。ケンカもしたが楽しかった。フミコはシアトルのパイクプレイスの近くにある雑貨店が気に入った。帰国後フミコが言った。

「当分子どもはいいから、２人で過ごそう。年に1回5日間休みを取ってシアトルに行こう」

シアトルが思いのほか気に入ったようだった。その後94年から96年まで2人でシアトルに行った。いつも同じような行程、同じお店での買い物。それが楽しみだった。そして帰国すると、私はいつも「また来年も行こう！　仕事頑張る！」とフミコに言った。

互いに責任ある立場で働いていたので、たまにはピリピリすることもあったけれど、ごくごく普通の夫婦だった。料理は上手く、家事も全てこなしてくれるフミコに「凄いわぁ！」と思う。

思ったことをすぐ口にする私と、一度頭の中で整理してから物申すフミコ。衝突する度に私から「思っていることを口にしてよ！」と、よく言った。けれど仲よく楽しく過ごしていた2人に大きな変化が起こる。

第2話　3人の子どもと代表取締役

長男・蔵馬誕生

１９９５年春、社長から「青年会議所に入会してくれ！」と告げられる。社長が青年会議所ＯＢであったからだ。

「えぇ？　サラリーマンの自分が入会するのですか？　みなさん企業のオーナーや2代目じゃないですか？」

と私が言うと、社長からは、

「リーダーシップの勉強と人と人の繋がりの勉強をしてきてくれ！」

と告げられたのである。

社長が青年会議所に入会してから、仕事は右肩上がりになっているのを見ていたので、自分が入会することは完全に戦略であることも理解していた。一度は拒否したものの「経費は会社でもつから頼む!!」と言われ、しまいには「社命!!」の一言で決められてしまった。サラリーマンは社命に弱い。こうして青年会議所に１９９５年11月から入会することになった。

青年会議所の仕事で帰宅する時間が遅くなり、ひとりで過ごす時間が多くなったフミコが「そろそろ子どもが欲しい」と言い出した。しかし、なかなか授からないまま１９９７年４月を迎えたある日、自宅に帰ると、

「出来たよ！　赤ちゃん！」

と目に涙を浮かべたフミコが駆け寄ってきた。予定日は12月中旬、性別はどちらでもいいからとにかく無事に産まれてほしいと思っていた。

３か月検診で男の子と判明した後、フミコから「名前は決めている？」と聞かれた。

「うん、くらま！」

「えぇ？　くらま？」

フミコは耳慣れない名前に少し驚いている様子だった。

「お爺ちゃんと親父の名前から1文字ずつ欲しいけれど、愛之助と駒次郎だから愛次郎になっちゃうでしょう。ちょっとおかしいかなと思って。だから、ご先祖の出生地である鞍馬にしたい。自分のルーツを忘れないから」

「いい響き。クラマ！」

フミコはすぐに気に入ってくれたようだ。

予定日が近づいてきた12月5日。出勤する前に、今日は予定日前の最後の検診に行くとのやり取りがあった。するとフミコから夕方、「お腹が少し痛いから病院に行く」との連絡に、私が「オレ散髪の予約がある」と言うと、「だめ！　キャンセルしてよ！一緒に来てよ！　病院に行く前に何か食べたい。マックに行こう。お腹が減っているから、フィレオフィッシュが食べたい」

フミコに言われるがまま、彼女を迎えに家に帰り、マックへ寄って病院に向かった。

「何かあればすぐに来るから」と言って一旦帰宅するとすぐまた病院から電話があった。到着してから1時間後の午後11時28分に、２４３２グラムの男の子が誕生した。

分娩室から出てきたフミコに「ありがとう！」と声を掛けたとき、「当面2人でいたい」と言っていたフミコが母親になったんだなー　と実感が込み上げてきた。もちろん、自分も父親になったのだ。とても嬉しそうな顔のフミコが今でも印象に残っている。

後日、命名は「鞍馬」になる予定だったが、「鞍」が人名に使用できないということで、「蔵馬」と変更した。

2人とも、蔵馬が可愛くって仕方がない。寝返りを打った、ひとりで立った、言葉を発した等々写真を撮りまくった。植物園に動物園、鴨川と、どこにでも連れて行った。お風呂に入れるのは私の役割だった。

フミコは産休が明けた1年後には職場に復帰した。家事と子育ての両立が始まったのだ。フミコから、「産休が終わると仕事に戻るので、極力協力してもらいたい」と言われたので、夜の外出は極力控えた。

次男・雄祐誕生

2002年の春、「蔵馬に兄弟が欲しい。できれば妹が欲しいなぁ」とフミコがつぶやいた。同じ頃、リーダーになる勉強をするために通っていた青年会議所で、リーダー（理事）になる選挙が近づいてきた。

「理事選に出ろ！」と社長に告げられた。理事になると時間を取られ、今まで以上に家族といる時間が減ってしまう。悩んだ末に、「子どもを優先するので理事選挙は断念します！」と社長に伝えた。

私の研鑽のために入会させていただいた青年会議所。本音は販売促進。社長の思惑は崩れるが家族を優先した。

第2子は、2003年3月27日に誕生した。元気な男の子。今回はフミコの命名で雄祐（ゆうすけ）とした。蔵馬は弟が出来たので嬉しいのだろうが、母親を独占できなくなったことで少し寂しそうである。お兄ちゃんになったという自覚が芽生えたのか少し頼もしくなった。

雄祐が生まれて2年が経過した。蔵馬は小学校に入学した。新しい環境の中で過ごすことになった。うまく馴染めるか心配したが、大きなランドセルを背に毎日元気よく家を出る姿を見ると親の心配は飛んでいったのだった。

青年会議所を卒業して3年後の2006年に会社の後継者にと指名された。「えぇ?」と心の中で思う。責任ある2番手の方が自分には合っていると思う。正直、複雑だった。けれど「役職は当番です」と本社の研修で教わった。

社長の当番が回ってきたときには受けねばならないのかと思った。3年間の準備期間はあるが、大きな責任を背負うことになる。フミコにはそれとなく話すと、「良かったね！」とは言わず、「大変やん！」フミコらしい反応が返ってきた。

社長の当番が回ってきただけ。当番が全うできなければ、変わればいい」と思うと気持ちは楽になるのだが、不思議と責任感も湧いてくる。フミコにも「この10年が大事になる」と伝えていた。

２００６年４月に正式に社長を交代する。準備期間は3年。３年で十分な準備ができたかどうかは社長になってから答えが出るのだ。社長就任に当たって、パーティを開催すると会社から告げられた。メインは現社長を見送るためだが、約４００名に出席してもらうそうだ。

社長就任パーティ前夜、風呂でぶつぶつとセリフを唱えていると、フミコが「ねぇ、お風呂上がってから車の中で練習すれば？」とアドバイスしてくれた。「構成はＯＫだと思うけど最後が上手く喋れないよ」と弱音を吐くと「大丈夫だから」と言ってくれた。青年会議所在籍時に「人前で喋るということは、時間を共有するということだから準備が必要だ」と充宏先輩に教わった。

先輩から「君は役者か芸人かどちら？」と言われたので、「えぇ？　それ何ですか」と聞くと、「役者は台詞を一言一句覚える。芸人はアドリブもできる」と言うのである。

「自分は役者ですね」「じゃあ台詞を一言一句覚えないと」

そんな言葉を思い出して、準備をしないと落ち着かない。フミコに言われた通り、風呂から上がり、車の中でぶつぶつ唱え、自信をつけて帰ると午前1時頃になっていた。

代表取締役社長就任

翌朝、いつも通りの目覚め、「よっしゃ！」と気合いを入れて黒のスーツに白いシャツ。フミコからプレゼントされたピンクのネクタイを身につけて、「行ってきます、じゃあホテルで！」と出かけた。

いつになく緊張をしている。新社長就任パーティではなく本当は前社長の退任パーティ。それは誰もがわかっている。それでも、緊張するのだ。

まず、会場で朝礼。社員も全員緊張している。それぞれの役割分担を確認し、お客さまの座席表に目を通す。

「今日は宜しくお願いします！」と言って深々と頭を下げた。

パーティには家族も出席する。開場1時間前、来賓、取引先、友人と多くの人が次々と受付に来る。

「おめでとう！　大丈夫かスピーチ？」「先輩、ありがとうございます」

お祝いの品をプレゼントしてくれる友人や、会場の前に並ぶ胡蝶蘭には、取引先の銀行やお客様の名前が見えた。

パーティが始まる。そして、「代表取締役社長としての当番」が始まると思うと、身の引き締まる思いがした。

「それでは新社長のご挨拶です」と司会者から紹介を受けた。万全の準備をした甲斐あって、練習の通りに話すことができた。席に戻り安堵する。お客様として充宏先輩も出席していただいていた。

さあ、代表取締役社長が始まった。責任をもって当番を全うすると誓った！

「社長になって変わりました？」と聴かれることが多くなった。社長になって変わったことといえば、責任と対外的な付き合いが多くなった。

社長の仕事って何だろうか。会社の運営や人事面は以前から担当していたし、ただ資金調達や会計はノータッチだった。今やること？　まずは挨拶回りからなのかな。

パーティに参加いただいた取引先は口を揃えるように「ええスピーチやったなぁ」と言ってくれた。またある人からは、「社長には申し訳ないですが、どちらかと言うと、前社長退任パーティの色が濃かったです。でもあのスピーチで空気は一変しましたよ。よかった！　これぞリーダーだと感じられました」

三男・孝太誕生

6月に、本社の代表者名義変更の研修で、社長就任パーティで基調講演いただいた学校法人燈影学園の相先生と再会した。2泊3日の研修で、初日に相先生の講話。その講話で「親孝行の孝は徳をもらうとも言います」との一文があった。

3人目が産まれるまであと4か月。私は、三男の名前を考えていた。青年会議所の先輩で一番お世話になった方のお名前が孝次。

公私に渡りお世話になり尊敬しているので1文字頂きたかった。そんな時に聞いた「孝」の字の意味。親孝行の孝。「徳をもらって太く生きろ！」で孝太がいいと研修が終わってすぐ、フミコに相談した。

女の子を望んでいるフミコは「そうね。男の子であればね‼」とそっけない。

２００６年10月22日に第３子は男の子だった。

五体満足で無事に産まれてきてくれたことに感謝しよう。罰があたるよ！」新婚当初は「２人でいたい」と言っていたフミコが３人の母親になってくれた。弟の誕生に蔵馬、雄祐も大喜びだ。退院する日に、赤ちゃんの唇の色が紫に。看護婦さんが異変に気づき、退院後そのまま、府立病院小児科に入院。チアノーゼ発作で１週間入院した。

「やっぱり神様に怒られたね。ごめんね」

申し訳なさそうに、そうフミコが囁いた。

喜びもつかの間。２か月後の12月に訃報があった。弊社の創業者が脳梗塞で永眠された。非常に個性的で人情味溢れる方で、大変お世話になった。私は、「今以上に精進し、繁栄させていきます」と誓った。

長男は少年野球に

長男の蔵馬は、少年野球4年生のチームで4番サードを任されている。地元の小学校のチームに所属し、月・水・土曜日が練習。日曜日が試合。3年生から始めた野球は4年生で自分たちのチームが出来た。

蔵馬は、小学2年生から鴨川の河川敷で野球遊びをしていた。新聞紙を丸めて養生テープでぐるぐる巻きにしたものでキャッチボールをしたり、プラスチックのバットで打ったりした。蔵馬が野球を始めたことを知り、知人の英治さんがローリングス社のグラブをプレゼントしてくれた。

小学校の少年野球チームの練習を見学に行った。学校のグラウンドに行くと25人ほどの部員がランニング中だった。

恥ずかしそうに監督に挨拶する蔵馬。人前は少々苦手だ。監督の両サイドでは6年生の保護者が見守っていた。ランニング中の同級生が蔵馬へ手招きをするが、蔵馬は照れるだけ。同級生は再度手招きする。

すると監督が、「ランニングに参加するか？　いいよ」と蔵馬に声をかけた。

蔵馬は「はい」と返事して、すっとランニングに加わった。私もフミコもその行動に「えぇ……」と驚いた。ランニングが終わり、キャッチボールが始まる。それが蔵馬の入部だった。

２００７年の春から４年生の単独チームに所属する。体形から見ても、本人の希望でも、捕手をするつもりだった。友達とバッテリーを組む予定が監督の一声でピッチャーに決まった。

ここからピッチャー蔵馬の誕生。自分のことだけでなく、チームの勝利が優先だ。動じずマウンドで楽しんでいる蔵馬は、私たちが見たことのない蔵馬だった。ある試合は、蔵馬は４番サードで出場。回ってきた打席で目いっぱい振り抜くと、大きな当たりで外野の頭を越えた。

「蔵馬、走れ！」と、フミコの大きな声に私はビックリした。

フミコは教育熱心だった。この年の夏合宿がすんだころから真剣に受験の話になり、「野球を続けるなら、受験して野球も強い学校に進学しよう！」と口にするようになった。「学歴は邪魔にならない」がフミコの考えだった。

将来についてある日、フミコが蔵馬に言った。

「蔵ちゃん、野球辞めて受験するよ。両方は無理だから。そんな甘くないよ」

「……わかったよ」

と、少し浮かない顔の蔵馬。でもお母さんの言うことには従う。

大好きな野球を辞めないといけない。本人にとっては相当辛いと思うが将来のことを思うと今は受験に専念すべきと母親は判断したのだ。


10月に入り、私の父の体調が悪くなる。和菓子屋の番頭として長く務め、65歳からは非常勤で勤務していた。肺気腫で肺の調子が悪くなって2か月間入院。退院してからは自宅で静養していた。11月1日に様態が悪化し、自宅で亡くなった。

第3話　フミコの様子がおかしい

息苦しくて自転車がこげないの

仕事に影響を及ぼすリーマンショックが起こる。経費削減が相次いだ。競合メーカーへのスイッチも続く。世の中はどんよりと曇ってきた感じがする。

野球を辞めた蔵馬は体形がぽっちゃりしてきた。雄祐は蔵馬の野球中心のリズムがなくなり、家族5人で週末を過ごすようになったので喜んでいる。

春頃からフミコが風邪を引いたような咳をする。ふだん風邪なんてあまり引かない、病気とは無縁の鉄人のような人なのに。私はてっきり風邪を引いたのだと思っていた。

かかりつけの町医者に漢方薬を処方してくれる病院を紹介された。漢方薬を飲むと胃がスーッとしていたようだ。私も一度だけその病院に同行した。

体調が少し悪いとはいえ、フミコは毎年恒例の海水浴やBBQにも参加、痩せてもいなかったが気になる咳はしていた。

12月に入ってから、フミコの体調が悪くなった。悪いと言うか、咳が以前よりひどくなっている。２００８年が終わろうとしているが、フミコの体調が気になる。

「大丈夫かなぁ」と不安に思いながら、新年を迎えた。

新年恒例の鞍馬寺への初詣にもフミコは「今年は遠慮するね。蔵馬と雄祐と3人で行ってきて。孝ちゃんと留守番するから」と言った。

私は少し嫌な予感がした。というのも、父親も亡くなる前の年に、山門でリタイアしたからだ。そのことが頭をよぎってしまう。

仕事始めから5日後の1月10日の夜、異変に気づく。その日は、雄祐の幼稚園の3学期が始まった日。仕事が終わり帰宅すると、

「ごめん、明日から朝礼終わったら雄祐を幼稚園に送ってくれる？　自転車がこげなくなった。出雲路橋が渡れなくなった」

「ウソやろ？」

「本当にこげないの。息苦しくて」

フミコの様子にただ事ではないことを私は感じた。私が「病院に行って検査入院してよ」と言うと、「ツトムくんの仕事と、子どもたちの学校があるから無理よ」と返ってきた。一番大事なのは何だよ。違うだろう！　こんなに悪くなっているとは思ってもいなかった。

翌日から、会社の朝礼が終わり次第、雄祐を幼稚園まで車で送って行く。園の近くまでくると、フミコが雄祐を連れて車を降り、園の正門まで送る。そんな日々が1週間続いた。

フミコはやっと病院に検査に行った。検査結果は翌週に。結果を待つ間

も、日ごとに呟き込むようになった。翌週からは私が園の正門まで雄祐の手を繋ぎ、送って行くようになった。門の前で、「奥様大丈夫ですか？」と他の子どもの保護者に尋ねられた。帰りは義理の母が迎えに行ってくれるので、夕方に私が雄祐をフミコの実家に迎えに行っていた。

仕事は相変わらずで、取引先との新年会や打合せに追われていた。大変懇意にしていただいている取引先の専務さんには「女房が体調をくずしておりまして」と話すと、「何かあれば言ってね」と声を掛けてもらった。

１月25日は、２人の記念日で毎年決まった店に行く。17年前の１月25日に再会したお店だ。しかし私は二日酔いで、フミコも調子が悪く横になっていた。

「明日にしてもいい？」

しかし翌日の26日も行けなかった。

「ツトムくん無理。今年は止めよ」とフミコが寂しそうな顔で伝えてきた。

１月30日、いつも通り雄祐を送って行く。車の中で待機するフミコ。

「奥様大丈夫ですか？」といつものように保護者に聞かれる。雄祐を送り車に戻った。

この日が、最後の幼稚園への送迎となった。

フミコ検査入院

1月31日〜2月1日は、滋賀で研修会。近畿エリア若手後継者ネットワーク21の勉強会だった。前年、前々年と副会長を務めていた。このメンバーは、いつか会社の代表になる面々だ。みんな真剣に情報を求めている。メンバーの参加年齢の上限が45歳のため、私は最終年度。できるだけ後輩に伝えたいと思っていた。

「お世話になればお世話して返す」ことが世の常だと思っている。

研修の会場に向かう途中に携帯が鳴った。蔵馬からだった。

「お父さん、お母さんが入院した！」

聞こえてきたのは蔵馬の涙声と信じられない言葉だった。

「今から帰るから、待っていて」と、いったん電話を切り、すぐにフミコに電話したが繋がらない。研修の担当委員長に急遽欠席の連絡を入れた。

「女房が緊急入院したので欠席させてもらいます。申しわけありません。改めて報告します」と。

自宅に帰ったのは午後2時。1時から塾に行こうと家にいた蔵馬の元に、フミコから電話が入ったようだった。ただ、どこの病院に入院したのかもわからない。

午後5時頃に、フミコとようやく連絡がとれた。

「ごめん。丸太町病院に入院した。実は通院している病院の先生から電話で、『少し気になるので来てください』と言われたので蔵馬を置いて病院に行ったんよ。そこで診察してもらったら、『すぐ入院してください』と言われた。京大病院が一杯で丸太町病院に回されたの。今から来られる？　蔵馬と来ちゃダメだよ。病院の風邪がうつるから」

矢継ぎ早に、フミコはそう言った。

パシャマや洗面道具などを用意して病院に向かった。心配そうに蔵馬が聞いてくる。「お父さん、お母さんどこが悪いの？」

私も答えられなかった。

「お父さんもわからない。いったん検査入院でまずは検査をするからそれからだよ。お母さん強いからきっと大丈夫だよ」

会社の専務に事情を説明した。月曜日からかは朝礼後に病院に行き、仕事に戻ってまた仕事終わりに病院に行く日々になった。子どもたちはフミコの実家でお世話になることになった。

私は、家事をしたことがなかった。料理はほんの少し出来るが、洗濯機を回したこともない。「まずいなぁ」と思い、フミコに教えてもらう。

「洗剤、柔軟剤に風呂の残り湯を入れる」

洗濯デビューである。寒空の下、洗濯物を干しながら、「いつまで洗濯するのかなぁ…」と夜空を見上げて独り言をいった。目覚めると、家には自分ひとり。また朝が始まる。朝礼が終わると、病院に向かった。

「おはよう」

「病院だから安心。ただ、子どもたちに会えないから寂しいなぁ。検査の結果がわかり次第帰るから。仕事にも迷惑かけてしまうね。ごめんね」

「何か欲しいものある？」

「今はないよ。また夜に来てくれる？」

「了解！」

家族ぐるみの付き合いが多かったので、先輩や友人にもフミコが入院したことを報告していた。その日も、仕事が終わると病院に向かった。途中お弁当を買ってフミコの横で食べる。面会時間一杯まで病室にいて「明日も来るね」と言い別れる。２月３日はフミコの誕生日。フミコの実家にいた蔵馬をつれてプレゼントを買いに行く。

「蔵馬、このトレーナーは？」

「いいと思う。お母さんパープルが好きだから、これにしよう」

プレゼントを購入して、蔵馬を義母の元へ送った。

「明日、胃カメラの検査だって。何もなければいいんだけど」

と不安そうに言うフミコの横で、この日もお弁当を食べる。

「うん。明日も来てね！」

寂しそうな顔をしたフミコに見送られた。

ガンの宣告・余命数か月

「おはよう!!　誕生日おめでとう。はい、プレゼント」と差し出すと、フミコは嬉しそうな顔で袋を開けた。

「可愛い！」

「蔵馬と一緒に選んだよ。お母さんの好きな色はパープルだって、蔵馬がこれに決めてくれた」

「ありがとう！　蔵馬に会たい。雄ちゃんにも孝ちゃんにも逢いたいなぁ」

フミコと少し言葉を交わし、仕事へ戻る。けれど集中できない。今日の夕方にはフミコの検査結果がわかる。

「まさかガンじゃないよなぁ？　あいつ強いから。ガンではない。ガンではない」と、祈るように自分に言い聞かせていた。

午後5時に病院に向かう。フミコに会ってすぐに聞いた。

「どうだった？」

「ガンだって」

フミコは言葉を絞り出すように言った。

「うそ…」

「胃カメラに写っていたから……、先生に聞いてきてくれる？」

フミコは、できるだけ気丈に振る舞おうとしている。先生の部屋に行こうとした時に「木本さん」と呼ばれ、廊下を隔てて2つ目の部屋に通された。

「木本さん、どうぞ」

深呼吸して先生の前に座ると、先生はすぐに話し始めた。

「奥さまは、胃ガンが肺に転移しています」

「えぇ……手術、手術はできないのですか？」

「できません」

「じゃあ、あと何年生きられますか？」

「余命数か月です」

「えぇ？　数か月……？」

「はい。セカンドオピニオンを探されるなら、そちらに行かれても…」

頭がパニックになって、途中から先生の言葉が入ってこなかった。

頭が真っ白になるとはこういうことか。いや、その言葉ですらも足りないくらいパニックで、何も考えられない。

先生の元を後にし病室へ戻る。どうしよう、何て言おうか。でも、きっと嘘が顔に出てしまう。そして、それをフミコには見抜かれるに違いない。隠していたことが後でわかると間違いなく怒られる。ああ、どうしよう。

気持ちの整理がつかないまま病室に戻ると、不安そうな顔のフミコが待っていた。

「どうだった？」

とフミコが口を開いた。少し間をおき、一呼吸置いて言った。

「正直に言うね。胃ガンが肺に転移して手術出来ないって。余命数カ月だって言われた」

フミコは表情一つ変えずに気丈だった。あたかもわかっていたかのようだった。

「俺も一緒に闘う。フミが生きたいと思う気持ちの分しか生きられないから。絶対に諦めないで」

そう言って思いっきり抱きしめると、抑えていた感情とともに一気に涙があふれ出た。まさか自分の女房がガンになるとは一度も考えたことはなかった。

「えぇ、ガンって、うそやん、うそやん！」と心の中で連呼する。

フミコはどんな気持ちなんだろうか。アカン、俺の方が心が折れてどうする、アカン。

「もっと早く検査すればよかった。ごめんね。仕事に支障が出るね」とフミコは申し訳なさそうな顔をする。

「仕事も大事だけど今はフミのことが大事だから。きっと治るよ！　上手くガンと付き合いながら。だから前を向こう」

これが精一杯の言葉だった。

むごい宣告を突きつけられた。想像もしていない結果に心は折れる。でも下を向くわけにはいかない。フミコを支えるのは自分だ。一切ネガティブなことは言わないようにしよう。

面会終了時間も迫ってきた。

子どもにも母にも内緒にして

「ツトムくんもう帰って。子どもたち待っているから。それと仕事もあるから。大丈夫だから」

本当は横で一緒にいることが必要だった。

「それとひとつお願いがある。誰にも言わないで。子どもたちにも、私の母親にも、ツトムくんのお母さんにも、もちろん友達にも」

「うん、わかった。じゃあ、明日また来るから」

そう言うと、またフミコを思いっきり抱きしめ病室を後にした。

車に乗り込みハンドルを握った瞬間、涙が止まらなくなった。ハンドルに倒れ込むように泣いた。こんなに心が折れたのは生まれて初めてだ。しかし子どもたちを迎えに行かないといけない。普通の顔で会わないと。

会社の会長に電話したが上手く報告出来ない。孝次先輩にも連絡したが無理。そのままフミコの実家に戻り子どもたちに会う。

「ただいま！」

「お父さん、渡してくれた？　プレゼント」

「うん、渡したよ。ありがとうって」

義理の母はどうも察知していたようだ。

「どうでしたか？」

フミコの希望通りごまかした。子どもたちを置いて自宅に戻る。入院を報告し、心配してくれている友人たちにメールした。

🖂お世話になります。女房やっぱり「ガン」でした。胃ガンが転移し肺までいっています。ショック！　余命は何年ではなく何カ月のようです。最後は「呼吸不全」で亡くなるケースが多いようです。悲しいし「涙」しか出てきません。子供のことを考えると女房には「生きて」としか伝えられない。食事もとっているし健康そうに見えますが「呼吸」だけが苦しそうです。子供のことを考えると気丈ではいられない。またメールします。＊今日は喋れません。

2009/02/03

フミコからもメールが届いた。


✉ひとりでいると、怖くて怖くて、つらいのは私だけじゃなくツトムくんも子どもたちもなのにね。家族は私にとって一番大切な存在。ずっと一緒にいたいから前を向きます。早く家に帰りたいです。土曜日、五十嵐さんのところにお邪魔して今後、どこの病院で治療するかなどを決めたらいいね！　今日は寝れそうにありません。

2009/02/03

仕事を全うすることが私の責任で、そんな私を支えることがフミコの役目だった。口には出さなくても、フミコはそう思ってくれていた。会社の代表になってから一層そんな思いが増した。フミコ自身も、退職するまでは責任あるポジションにいたから理解をしてくれたと思う。だから、自分の病気で仕事の足を引っ張ることを一番嫌った。

本当はずっと傍にいて欲しいはずなのに、そんな気持ちを表に出さなかった。どんな時も周りを気遣うフミコ。長年一緒にいるから、よくわかる。

セカンドオピニオンへの転院決まる

朝礼後に会長に呼ばれた。

「検査は受けてなかったのか？　昨年私がガンになって、ガンになるってどういうことか理解してなかったのか？　みんなに迷惑をかけるので、朝礼で奥さんの事を報告するように」

と告げられた。

朝礼でいつもの通り業務報告をした。そして最後に「実は女房がガンになりました。業務に支障がでるかと思いますが、朝と夕方に病院に行かせてもらいます。宜しくお願いします」とつけ加えた。

会社の会長に、できればセカンドオピニオンの京大病院に転院したいむね相談すると早速段取りをつけてくれた。

「明日、会長の友人を紹介いただくのでリーガロイヤルホテルに朝11時に。病院に30分前に迎えに行くから外出の申請をしておいて。これで少し気持ちが落ち着くね。大丈夫だよ」

昨日はフミコの誕生日なのに「脳天を割られるような痛み」だった。少しの予感はあった。しかし気丈でいられない自分が、「現実」を受け止められない自分がいた。生まれて初めて「心」が折れた。お世話になった先輩や後輩に連絡をし癒《いや》されるはずが、逆に「おお泣き」してしまい迷惑を掛けてしまった。でも本当に心から信頼出来る先輩や後輩に激励され「勇気」をもらった。ようやく今日の夜から精神状態が戻った。

「生きる」ことを選択する。僕らにはまだまだやり残したことがある。「死」が怖いと思った瞬間気持ちが「負け」になる。僕らは「どれだけ生きる」か試されているような気がした。「病気」と「寿命」を2人で体感し「人間力が寿命を伸ばす」にチャレンジ。絶対負けへんし。

☒まだまだ子供に伝え切れていない。お金では絶対買えない愛情を孝太に伝えるまでは2人は負けないし、負けられない。それが2人の責任であり使命だと思います。蔵馬には負担はかかるが、思っている以上に繊細である反面、想像以上に「大きな人間」だと感じます。雄祐は「蔵馬を手本に」自分の道を突き進むでしょう。夫婦愛を、家族愛を感じてもらわないと「ＤＮＡ」は完結しません。

とにかく寝て、寝ないと明日が来ない。明日の朝また会える、おやすみ。

2009/02/04　23：56　Fumiko

2月5日　子どもたちと再会

朝、フミコを病院に迎えに行き、約束のリーガロイヤルホテルに。地下駐車場に車を止めるが待ち合わせの1階までの移動も、携帯ボンベを装着するフミコにはきつかった。手を握りフミコを誘導し、待っていると紹介される先生が来られた。そして、フミコの顔を見るなり言った。

「キモトくん、すぐに京大病院に行きなさい。電話しておくから。受付で私の紹介と言えばわかるようにしておく。早く行きなさい！」

すぐに京大病院に向かった。1階で受付をすませ、20分ほど待ち診察室に入った。病院からもらった資料を確認し、入院の手続きを急かされる。フミコの診察が終わったのは午後2時だった。

病院内の入口近くにある「ドトールコーヒー」で遅い昼食をとる。疲れた、少しゆっくりしよう。自分たちの希望していた京大病院に転院が決まりホッとした。「ツトムくん一度自宅に帰りたい。子どもに会いたい」

自宅に到着。ドアを開けると「家の匂いがする。家に帰ってきた！」。何をするのかと思うと、ドアを開けると、フミコは整理できていない部屋を整理し、ゴミの分別もしている。「フミ、いいよ。子供たち迎えに行ってくるね」と言い残してフミコの実家にあずけている子どもたちを迎えに行った。

フミコは携帯ボンベを装着している。子どもたちはどんな反応をするのか、少し心配だ。

「お母さん帰って来たの？」

「少しの時間だけね」

子どもたちにはフミコの病状は伝えていない。マンションのガレージに車を止めて部屋に向かう。蔵馬が玄関のドアを開け、雄祐がすぐ後の部屋へ入る。私は孝太を抱いて部屋の中に。携帯のボンベを装着している母親を見て、一瞬動きが止まった蔵馬と雄祐。

「お母さん大丈夫？」

「蔵ちゃん、雄ちゃん、会いたかった。お父さんの言うことを聞いていた？」

「うん！　聞いているよ。でも雄祐はおばあちゃんの言うこと聞かないよ！」

「雄ちゃん、こっちに来て」

そう言ってフミコは雄祐を抱きしめた。

「ごめんね、寂しい思をさせて。幼稚園はどう？」

「ちゃんと行ってるよ」

私が抱っこしていた孝太も「孝ちゃん」と抱きしめた。

もう見ていられない。途中でキッチンに逃げてしまった。涙が止まらない。

「お母さん、また病院に戻る？」

「戻る。お母さん、今病気と闘っているの。絶対に病気に勝って帰ってくるから、それまでお父さんの言うことを聞いてね!!　わかった？　約束！」

そう言って、フミコは蔵馬と雄祐を順番に抱きしめた。家にいられたのは小1時間だけ。病院に戻らなければならない。

「写真を撮ろう！」

家族の姿を写真に収めた。そして、フミコを丸太町病院の病室まで送る。

「バイバイ！」

子どもたちとフミコが手を振り合う。私は疲れたが子どもたちは喜んでいた。フミコは「会えてよかった。元気もらったし、病気と闘える！」と…。

私は車に戻り、今度は子どもたちを義母の元へ送る。

「お母さんだいぶん悪いの？」と雄祐に聞かれた。

「大丈夫、お母さん強いから、病気に勝って家に戻ってくるよ」

蔵馬は一言だけ。「お母さんヤバいなぁ」とぽつりとつぶやいて、それ以上私には聞かなかった。

第４話　京大病院へ

２月６日　いよいよ転院

準備万全で待機していたフミコは「お世話になりました」と挨拶して病院を出た。京大病院までは、車で約15分。「初めから京大病院だったら良かったのに、頑張る。子どもたち抱きしめたいから」

京大病院に到着した。早速手続きをして病室へ入る。初日はいろいろな検査があったが、明日からは本格的な検査が始まるから「頑張るね」とフミコは明るく言った。

ここからフミコとのメールが始まる。互いの気持ちが飛び交う。


🖂今日もいろいろお世話になりました。ありがとう。みんなにいろんな負担をかけているね！　蔵馬はもちろん淋しい気持ちはあるけれど、他に紛れることがあるのに対して雄ちゃんが一番、気持ちのやり場がないのかもしれません。出来るかぎりでいいので一緒にいてあげて下さい。さっき蔵馬がメールをくれて今、まゆちゃんにメールのしかたを教えてもらっています！　と書いてありました。

京大病院に移ってよかったです。ツトムくんのいうようにこれからが大変だけどみんなに助けてもらいながら頑張るねッ！　お母さんの件、明日連絡します。おやすみなさい。

2009/02/06　23:56　Fumiko

🖂今日もたくさんの人の愛情をいただきました。ほんとに、いろいろな人に支えていただいているなとただただ感謝の気持ちでいっぱいです。どんなにつらくても、私の大切な家族、私達を心配いただいている友人のためにも頑張りぬいてみせます。ツトムくんの疲労が心配です。

2009/02/07 Fumiko

２月８日　子どもからのメール

🖂今日のバトリオはデオキシスです。またお父さんに勝ちました。歯はぐらぐらします。はやく抜きたいです。明日も幼稚園行きます。早く帰ってきて。

2009/2/8　21:04　Yousuke

🖂おかあさんも、ゆうちゃんとたくさんおはなししたいからがんばってるよそれまでは、おとうさんがいはるから だいじょうぶやね　おかあさんより。

2009/02/08　21:30　Fumiko

🖂今日も慣れないことばかりしてくれてありがとう。ツトムくんが帰ってから咳止めのお薬を出してもらいました。少しずつですが治まってきています。明日から治療が始まります。今日は少しの体の痛みでへこみました、気持ちを切り替えて頑張ります。一歩一歩やね。

2009/02/08　22:50　Fumiko

主治医から今後の治療について

主治医の先生から、今後の治療についての話があった。「夫の私と親族を同席させてください」と言った。実際は親族ではなく、一番信頼のできる会長夫妻に同行してもらった。フミコは神妙な話とわかったようで、話を聞くことを拒んだ。

「一緒に聞かないとダメだよ。嫌だってことはわかるけれど」

私は、そうフミコを説得したが頑に拒まれた。先生からは「今後、抗ガン剤治療を始めますが、なんとも言えない状況だと思います。万が一、いつ起こるかわからないことを覚悟してください」と告げられた。ついに最終通告なのか？　このことはフミコには伝えられない。フミ、頑張れ…！

☒少し安心した？　残酷だけどみんなのスタートだ。お義母さん、お姉さんにも報告した。フミ、家に帰ってこられるよ。

2009/2/9　21:56　Tsutomu

✉私のパートナーとして聞いてくれたツトムくんのほうが辛かったと思います。私たちは生きることに向かって進んでいきます。一緒に歩んでね、はやく家族５人でいられるといいね。

2009/2/9　23:21　Fumiko

✉生きること、命のこと、諦めないこと、もっと勉強しろと言われているような気がします。今回のことが僕にとって最大のピンチであり、人の絆の尊さを伝えろということだと思う。結局、蔵馬に伝わり、いい経験をする。３兄弟は絆をいただいた人たちにお世話になり、誰かにお世話して返す。そこには人が集まる。これが我が家の生き方とちゃうか？

2009/2/9　23:36　Tsutomu

2月10日　息が出来ないSOS

人見くんが、成田山のお守りを届けてくれた。友人にお願いして送ってもらったそうだ。ありがたい。いつものように、朝病院に行くと「もうダメかと思った。息が出来なくなりパニックになった。看護師さんに迷惑をかけたよ」とフミコから聞き、びっくりして看護師さんに話を聞くが、「少しパニックなられました。大丈夫です」とだけ言われた。

✉ゆうちゃんへ。きょう、かなこせんせいから、おてがみをもらいました。ゆうちゃん、いちねんせいになったらのおうたが すごくじょうずですって。すごいね！　またおかあさんのまえでうたってね。もうすこし、おかあさんがげんきになったら、びょういんにつれてきてもらっておとうさんとゆうちゃんとおかあさんの3人でゆっくり おはなししようね。おかあさんより

2009/2/10　22:56　Fumiko

2月11日　ごめん、今日は行けない

✉今日はちょっと無理。行けないけど、いい。ちょっと限界。✉メールするので必ず返信して。それと自分のトラウマはフミでしか解決出来ないよ。前に行くしかないのに

🖂全てリセットのつもりで前向きな言葉だけ。約束
2009/2/11　17:49　Tsutomu

🖂フミです！　いつも、じゅうぶんなことをしてもらっているので家でゆっくりしてください。食事、大丈夫かな？　さっき森田先生と話をしました。私もまたメールします。私もゆっくりするので、ツトムくんもお風呂行ったりゆっくりしててね。
2009/2/11　18:03　Fumiko

🖂今日はいけなくてごめん！　会長の家で「焼肉」を食べさせてもらいました、孝ちゃんは完全に慣れて楽しそうです。が奥さんは「孝ちゃん一番やんちゃ」とびっくりされています。結局は下鴨で食事をしてマンションで寝るが今のところいいパターンのようです。ゆうちゃんは、「メールにおかあさんげんきですか？」と書くのでやっぱり淋しいと思います。くらまはどこかで抑えているので本当は一番辛いと思います。抗ガン剤は明日から効果が出てくるのではないでしょうか？　辛いけれど耐えてください。三者三様の三兄弟です。絶対にフミと僕の手塩にか

けて世の中に役立つ青年へとしなければいけないと思います。夜、不安だと思いますがいつも心の中には僕はいます、フミもいます。明日また行くね！

2009/2/11　21:40　Tsutomu

✉くらちゃん、今日は少しさみしくなってしまったみたいやね。お母さんもくらちゃん、ゆうちゃん、こうちゃんに会ってむぎゅ～ってしたいんだよ。

お母さんはくらちゃんがＤＳｉで兄弟３人をとってくれた写真がお気に入りでいつもながめながら３人に会っているような気がしています。今日は8時まで塾、よくがんばったね。やらないといけない状況になったらがんばれる。さすがお父さんとお母さんの子供です。くらちゃん、さみしいと思うけどもう少し待ってて。早く家に帰れるようお母さんがんばるよ。

お母さん、今日から息をするのがしんどくなったら、あしたがある、あしたがある～、って心の中で歌っています。

今からお父さんと何を食べに行くのかな。またメールするね。

2009/2/12　23:35　Fumiko

✉メールありがとう。今日は、お母さんがこいしくなって泣きました。でも、頑張るよ！　お母さんも早く元気になってくださいと願っています。だから、はやく元気になって。くらまより

2009/2/12　20:58　Kurama

２月13日　最後のメール

「おかげや」で激励会を開催してもらった。孝次先輩、長尾くん、欽ちゃん、梅ちゃんそして蔵馬、雄祐と食事。気心許すメンバーが企画してくれた。蔵馬、雄祐とも顔見知りのおじさん。緊張もせずに美味しいものを一杯食べる。食事中に蔵馬、雄祐は母親にメールをする。

✉今、タカツグのおっちゃん達とごはんを食べに来ています。その後、おふろやさんに行きます。

✉いいな～お母さんもみんなでご飯たべたいな～。タカツグのおじちゃんや今、蔵馬が一緒に食事しているおじちゃん達は、いつも大変お世話になっているのでありがとうって感謝の気持ちを伝えてね。またメールするね。　お母さんより
2009/2/13　20:19　Fumiko

✉ゆうちゃん、じょうずになったね。おかあさん、ゆうちゃんとおはなししたいことが、いっぱいあるからまたゆっくりメールするね。　おかあさんより

✉おかあさんげんきしてにしていますかぼくもげんき
2009/2/13　20:32　Yousuke

✉ゆうちゃんおかあさんもはやくゆうちゃんにあいたいな～
おかあさんより
2009/2/13　20:38　Fumiko

🖂もう、おなかいっぱいフグの唐揚げやおさしみやチャーハンなどを食べまくりました。お母さんが元気になったらみんなでごはんを食べようとみんなが言っているよ。だから、はやく元気になってください。また、寝る前にメールするね。　　2009/2/13　20:33　Kurama

🖂おいしいものいっぱい食べられてよかったね。次の楽しみはお風呂屋さんやね。お母さんより　　2009/2/13　20:43　Fumiko

🖂今日は、息抜きのつもりで行ったけれどみんなにかえって気をつかわせたかも？　くらまは、高菜のチャーハンとヒラメの刺身、小骨の唐揚げ、トントロなどを食べてお腹いっぱい。ゆうすけも結構食べていました。今日は寝ます。また明日　　2009/2/13　22:57　Tsutomu

🖂了解しました。おやすみなさい。　　2009/2/13　23:22　Fumiko

これが最後のメールになった。

2月14日　危篤

日に日に身体が動かなくなってトイレに行くのもしんどくなっていた。看護師さんからおむつの装着を勧められていたのに「大丈夫だから。ひとりで行けるって」と……。本人のプライドもわかるが、そんなことを言っている場合ではない。フミコにお願いされている「誰にも言わないで」が気になっていた。すでに日頃から家族ぐるみでお世話になっている友人には伝えていたが、自分の友人にも伝えた。だって日頃から家族ぐるみでお世話になっているから。しかし、フミコの友人に伝えることはできなかった。連絡先はフミコの携帯電話の中だ。

自宅の整理をして夕方に病院に行く。どうかと聞くと「うぅ……ん、先日のことがあって少し怖い」。

先輩や友人とのメールのやり取りが、ある時からフミコへの激励メールに変わっていた。小1時間いて午後3時半に帰宅した。帰宅して30分ほどすると病院から電話があった。

「奥様の病状が急変しましたのですぐに来てください」

病院の駐車場に着くなりダッシュする。ナースセンターで状況を確認した。

「ご主人が帰られてから、容体が急変し心肺が停止しています。現在心臓マッサージを受けておられます」

治療中の部屋のドアを開け、「フミ!!」と叫んだ。

体には、沢山の管が装着されている。まるでドラマのワンシーンのようだ、と他人事のように思う自分。

「ご主人、外でお待ちください。できることはしますので！」

何もできず外で待っている間に、会社、先輩、友人に電話をした。そしてフミコの実家にも連絡を入れた。廊下で待っていると、「奥さまの心臓が蘇生しました。これから集中治療室に移りますので、しばらくお待ちくださ い」

「蘇った！」

ＩＣＵに移る前に、子どもたちも駆けつけた。結局、最後まで母親の状態を教えられなかった。フミコからのお願いだったから。

「お母さん……」

蔵馬は泣いているし、雄祐は不安そうな顔。ただ周りの状況を見て察知している。フミコがＩＣＵに移る。人工呼吸器を装着している。

「フミ！」

「お母さん……」

蘇生するなんて凄い！　さすがフミコだ、と思った。

会社の会長、好治先輩、孝次先輩も駆けつけてくれた。そして和也さんも。

「今、ＩＣＵです。夕方に様態が急変し、心肺が停止しましたが蘇生しました」

和也さんが「子どもどうするの？」と言ったので、私が「フミコの実家に帰らせます」と答えると、和也さんは「オレ連れて帰るわぁ。明日、たこ焼きパーティーする予定だったから。もし何かあれば電話して。何時でもいいから」と言ってくれた
申し訳ない！　ただ、夜中に何かあればどうしよう……。すると孝次先輩が「オレ、一緒にいるわぁ！　そんなことしか出来ないから」と言ってくれた。

ＩＣＵ付近の待合室で待機する。ＩＣＵと控室を行ったり来たりする担当

医から「今晩が山ですので」と言う。何も出来なかった自分の無力さを痛感した。

第５話　２月15日　永遠の別れ

亡くなりました

「フミ、フミ、フミー」

人生を共に歩くと誓ったフミコがいなくなった。

「うそだろう！　フミ!!」

ただただ、泣き叫んだ。


蔵馬と雄祐を預かってくれている和也さんに連絡をした。午前１時24分だった。その後、フミコは大好きな母親がいる実家へ。

「和也さん、亡くなりました」

「わかった。明日の朝、２人を送り届ける。」

子どもたちは和也さんに送ってもらい、午前8時にフミコの実家に到着した。蔵馬、雄祐とも涙の対面。

「お母さん……お母さん……」

蔵馬が寝ているフミコに声をかける。

雄祐は蔵馬の横で涙をこらえていた。

「ごめんね。お母さん病気に勝てなかった。でもお母さん、蔵馬、雄祐、孝太のために頑張ったよ。一度止まった心臓を動かした」

声を振り絞って子どもたちにそう言った。

フミコの携帯電話から電話番号を検索し、数人の友人に電話連絡を回してもらうように伝えた。葬儀社の人がフミコに着物を着せていく。蔵馬はその横で見守っている。雄祐は隣の部屋からその光景を見ている。明日、納棺があり、明後日には斎場に向かう。想い出がフラッシュバックする。今後のことは浮かばない。

今、一緒にいられることが本当に最後だと思うと、この時間を大事にしたいと思った。子どもたちがどんな思いでいるのか？　そんなことは考える余裕もない。そのうち、頭も心も整理がつかず、この状況を受け入れられないままついに棺に入れる時間が来てしまった。

着物に着替え、きれいに化粧したフミコ。

ついに別れの儀式が始まる。通夜は午後6時から。明日には本葬は始まる。沢山の方の前で挨拶をしている自分。その後火葬場に行っている

そんなことしか頭に浮かばない。通夜が始まった。蔵馬には辛いけれど立礼で横に立たせた。通夜が終わり30名ほどが残った。フミコの友人、小学校幼稚園のママ友が沢山来た。通夜が終わり30名ほどが残った。フミコの友人、

雄祐を前に孝太を抱っこして、参列者に今までの経緯を話した。ひと段落し蔵馬が棺に入れる手紙をみんなの前で読んだ。

蔵馬の手紙

お母さんへ。ぼくはとてもさびしいです。お母さんが亡くなったときいた時は「うそだ、うそだ」と思っていました。でもこれは事実でした。お母さんのしんぞうが止まった時はすごくびっくりしました。でもお母さんは自力で生き返ったのですごくがんばったと思いました。もっと早くに病気のことを言ってくれれば。お母さんが亡くなったからぼくは精神的にだめです。お

母さんがいないとさみしいことがいっぱいです。ぼくが100点をとってもほめてくれない、ゆうちゃんとぼくをポケモンセンターにつれていってくれない、家のそうじができない、お母さんの料理が食べられない、本をかってくれない、いっしょにねられない、おもちゃやゲームをかってくれない、かなしい時になぐさめてくれない、こうちゃんのお世話をしてくれない。そしてぼくたち三兄弟をむぎゅ~としてくれない。でもさみしくないよ。ほんの少しの間だからね。ぼくはもっとお母さんにもっといろいろなことをしゃべりたかったです。受験は同志社中学にします。勉強をたくさんして絶対に受かります。だから空の上からぼくのことを、ぼくたち家族のことを見守ってください。お父さんによると、お母さんが自力で生き返ったのは、メッセージだといっていました。「あきらめない」ということだとお父さんはぼくたちにいってくれました。これからは弟をいじめたりしないようにします。何回もかくけれど、ぼくたちを見守ってください!! ぼくはお母さんの分も長く生きます。ぼくがお母さんにおそわったことをゆうちゃんとこうちゃんに教えます。ぼくたちは5人家族だよ!! くらまより。

メールたくさんくれてありがとう!! すごくうれしかった」

みんなが泣いていた。よく読んだな、蔵馬。みんなが蔵馬の頭をなでる。
明日は、辛いけどお母さんをみんなで見送ろう

葬送の儀式

斎場には午前7時に向かった。告別式にも沢山の方々が参列してくれた。いよいよ棺に花を入れる。蔵馬は手紙、雄祐は絵を入れた。孝太を抱っこして蔵馬、雄祐に「今日でお母さんの顔を見るのは最後。良く見ておきなさい！」と言った。最後に私も「フミありがとう！」と言って唇にキスしながら、号泣してしまった。

でも「挨拶しないと！」とスイッチON。参列していただいた方々の前で泣かずに挨拶をした。そして、本当に最後のお別れの場所に。あっという間の時間だった。フミコは本当にいなくなってしまった。

「頑張れるかなぁ。子どもたち3人と」

告別式が終わり火葬場から帰った頃、孝次先輩からメールで「お疲れさま、最後の挨拶に感動した。これから大変だろうけれどみんなで応援するから」……と。

他にも、沢山の方から励ましのメールをもらった。周りのみんなが経験していないことを歩む。やることが一杯だ。香典返しの準備もある。子どもたちは喪中で1週間学校は休み。挨拶回りにも行かないといけない。あぁ……終わるのか？　途方に暮れていたら会社の会長から一言。

「お疲れさんやった。これからが大変。申し訳ないけれど、毎日朝礼だけ出席してくれるか……」

「えぇ……」

何で？

第6話　新しい生活が始まった

壮絶な半年

今振り返るとフミコを亡くした1年目が一番大変で、一番勉強になった年だった。エピソードがありすぎてまとまらない。

周りから「大丈夫か？」「料理はどうする」「仕事は」「子どもたちの学校

は」と、さまざまな言葉を掛けられた。
気に掛けていただくのはありがたく、これは私へのエールだと受け止める
けれど、心の中では「今は何も言わないで」と思っていた。
哀しいとか、泣きたいとか、そんな時間はなかった。仕事のこと、子ども
たちのこと、そして、今後の生活のことで一杯だった。
仕事に行くためにはまず学校に送り出す準備。そして食事、風呂、洗濯。
これが毎日続く。出来るかなぁじゃなくてやらないといけない。今までに感
じたことのない不安だった。
蔵馬の学校も雄祐の幼稚園もフミコの実家から徒歩５分のところにあるの
で、フミコの実家にお世話になった。
「甘えてくださいね」と義母に再三言われた。けれど、料理は、適当な焼き
そばや焼き飯しか作れない。宅配の業者にお願いして、週１回は配達された
ものを食べた。他の家事は少しずつではあるが出来るようになっていった。
洗濯にはお風呂の残り湯を使う。干すのは好きだが、畳むのが苦手。いつし
か、干すのも小さいものから大きなものを順番に干すようになっていた。

孝太は乳児園に

告別式の翌日から出社して朝礼で社員にお礼を述べたが、出社しても力が入らない。社員からは声を掛けられない。専務から「ゆっくりでいいから」と声を掛けられほっとした。

毎朝、会社に車を取りに行き、子どもたちを義母に預けに行く。そこから蔵馬は小学校へ。雄祐は義姉の子どもたちと一緒に幼稚園に。孝太は義母が面倒を見てくれていたが、フミコが入院した時に、孝太を乳児園に預ける話になっていたので「来週から孝太は乳児園に入れます」と義母に報告した。「うちで孝ちゃんの面倒を見ますよ」と言われたが、義母に負担をかけすぎるので、区役所で手続きをした。面接は2月17日だったが妻の告別式と重なったため慌てて電話をすると、わかりました。いつでも連れてきてくださ い。早急に手続きをしますとの返事をいただいた。ありがたいことに乳児園は会社から自転車で5分のところだった。

孝太の乳児園生活が始まった。会社の朝礼が終わり次第、乳児園に連れて行く。初日は半日で帰宅。同世代とあまり遊んだことがないから大喜びで、かなり興奮状態だった。お昼前に迎えに行くと、担任の先生から「楽しく遊んでおられましたよ」と言ってもらえた。孝太を抱っこして「よかったね」と言うと、「お父さん」とはまだ言えない孝太は「と〜ぉ」と呼びニッコリ。

2日目から1日保育。昨日同様に喜んで登園した。夕方に迎えに行くと先生に抱っこしてもらっている。

「今日は午前中は調子よく遊んだのですが、午後からは疲れたんでしょうか、よく泣いていました」

私が手を出すとニッコリして私の胸に。

3日目、会社の朝礼が終わり園の正門に向かって歩いていくと、抱っこしている手がだんだん強くなる。正門を開けるとしがみついて、強い力で腕を握り大泣きする。泣き声を聞きつけた先生がすぐに駆けつけ、「孝ちゃん」と呼びかけてくれたけれど、離れない。可哀想だけれど先生に「お願いします」と孝太を渡した。大泣きする孝太に何か後ろ髪を引かれる思いがした。

夕方迎えに行くと、フェンス越しに迎えの保護者を見ている子どもがいる。

「あぁ、孝太だ」

正門を開けるとダッシュで「と〜ぉ」と言って抱きついてきた。涙が自然と出た。「ごめんね‼」。このなんとも言えない寂しさは、本来フミコが感じるはずだった寂しさだろうか。心で「孝ちゃんごめん」と言った。

その1週間後には保護者の懇談会があった。先生を中心に輪になって日常の様子を報告される。その後保護者から自己紹介と近況報告。園は女房のことを内緒にしてくれていたが思い切って話した。

「実は2月15日に母親を亡くしました。ガンで余命数か月と宣告され。それから12日後に逝ってしまいました」

参加していた保護者はみんな「えぇ?」と、言葉も出ない様子だった。隠さずに告白したことで、非常に暖かく見守ってもらえるようになったと思う。

こうして、乳児園生活がスタートした。

雄祐から笑顔がなくなった

一方、雄祐はこれがまた大変だった。幼稚園の保護者から「雄ちゃん、笑顔がなくなりましたね」と言われた。手をかけて欲しい時に孝太が産まれた。ようやく孝太への手がすこし空くと思っていた時、母親が亡くなったのだ。無理もない。

優等生の蔵馬とは正反対。フミコが命名の願いに込めたとおり、本当に天真爛漫で最高に可愛い笑顔がチャームポイントだった。その雄祐から笑顔が消えた。

雄祐が産まれた時、３年後に私は社長になることが決まっていたので、完全に仕事のスイッチがＯＮ状態だった。

週末は蔵馬の野球の手伝いに行って雄祐のことは後回しだった。卒園前に３月生まれのお誕生日会が開催された。

いきなり雄祐に「何で来たん？　帰って」と先制パンチ。

担任の先生からは、「今まで通りですが、少し話を聞いて欲しいことが多い」と言われて思わず頷いてしまった。

誕生会に参加している父親は２人。私以外は夫婦で参加していた。雄祐はやっぱり淋しそうだ。今はどうにか家族が前向きに進んでいるが、「今日のこと、明日のこと」で精一杯。とにかく幼稚園の園長先生はじめスタッフにお気遣いをいただいたことに感謝をする。

母親の愛情を受けることなく成長していく雄祐。いつかお世話なっていることに気づき、お世話になったことをお返しする大人になって欲しいと思う。大人になるまでの道のりは長いが、自分で何でも切り拓く気概を持って欲しい。

蔵馬は野球に復帰

蔵馬は5歳までひとりっ子同然で溺愛されていた。フミコが試行錯誤しながらその瞬間、その光景を胸に刻むかのように過ごした。時には厳しく、また優しく育てた。慎重派の蔵馬は受験のため4年生のシーズンで大好きな野球を辞め、受験勉強に専念するようになった。

そこから、性格が少し変わった。雄祐をいじめるようになったのだ。そして5年生の3学期に母親が亡くなった。母との約束である受験の目的を見失ったかのようだった。

蔵馬は口には出さなかったけれど、きっと好きな野球に戻りたいのだ。

そんな折、少年野球でお世話になった石田氏から「蔵馬を預かりますよ。野球に打ち込むことで少しは気が紛らわせると思いますから」と言われたが、その言葉は蔵馬には言わなかった。

それから3日後、蔵馬から「お父さん、受験は辞める。いい？」と言われた。私は「いいよ。野球に戻るのか？」と答えた。

翌日、蔵馬と2人で塾に。担当の杉原先生と3人で面談。

「突然やったね。お母さんは蔵馬くんの受験のことで何度も相談に来られていましたよ。以前所属していた野球のチームに声をかけてもらっているのでしょう。戻りなさい。きっと天国のお母さんもそう思っておられると思う」

そんな先生の一言が蔵馬の背中を押した。蔵馬はついに野球復帰を決める。

復帰するまでには少々時間が必要だった。再度蔵馬と相談した結果、水曜日限定で復帰することにした。まずは蔵馬が一歩を踏み出した。

リズムが狂いだす

毎日、毎日すごいスピードで過ぎていく。今までのリズムが狂い、みんなバランスが悪くなってきた。雄祐と孝太が38度台の熱を出し救急病院へ。病院は満員で結局約2時間待ってインフルエンザの検査を行い問題はなかった。まず直面したことは、母子手帳や、通帳がどこにあるか探すことだった。帰宅するも風呂には入れずそのまま就寝。雄祐より孝太の方が心配だった。相も変わらず夜泣きをする。夜泣きはどうすることも出来なかった。

雄祐は朝6時半にごそごそしていたので「大丈夫か」と聞くと、「大丈夫」と言うが、何かおかしいのだ。「昨日歯磨きをするのを忘れたので臭いなぁ～」と思っていたところ、雄祐が寝返った瞬間お尻がぬれている。おしっこと思いきやウンチを漏らしている。布団にも毛布にも。速攻洗濯をするが布団についているのは無理。明日布団丸洗いを注文しないと。その後もお漏らしが続いたので孝太の紙おむつをする始末。

2人とも熱は下がって元気になったが、この先が思いやられた。

「お疲れ」は伝染する。蔵馬と私が揃ってノロウイルスに感染してしまった。私は朝から調子が悪く医者へ。その後、昼前に小学校から連絡があり、蔵馬を迎えに行くと保健室で寝ていた。保健室で嘔吐したようだ。小児科で診察してもらった結果、ノロウィルスに感染していることが発覚。蔵馬は食事も取らず13時間寝て、どうにか回復した。しかし、今度は雄祐を預かってもらっていた義理の母から「雄祐が昨日から嘔吐しています」……と。

「もっと早く連絡してよ！」と思いながら小児科に連絡し診察に行った。

「毎週、来ています」と苦笑い。原因は私にあった。孝太のウンチを替えたあとに消毒をしていなかったのが悪かったのだ。

また別の日、孝太を迎えにいくと、先生から「目のまわりが赤いので結膜炎ではないでしょうか？」と言われてまた病院へ。

先生に「あれ、キモトさんじゃない？」と言われた。なんと同じマンションに住んでいたのだ。結果は結膜炎と診断される。昨日から家に咲いているゆりの花のつぼみを触っていたからだろうか。朝起きると目やにが一杯。こんなのは初めてなので、明日は様子を見て保育園に行かせるか考えよう。

ある夜、「さぁ寝るぞ」と部屋を開けた瞬間２段ベッドの下の雄祐のパジャマに茶色いあの色が。「ゲッ」隣の孝太のパジャマまで染まっている。何と孝太のゲロ、しかもかなり大量。まずは孝太をシャワーに、そして、洗濯していたパジャマを着せる。再度吐かれるのがいやなのでリビングで寝かせた。

次に雄祐を起こし風呂に入れる。布団全滅。毛布までも。それに２人のパジャマも。関係ない蔵馬も起きてきたが、「そのまま寝といて」と言った。雄祐を風呂から上げて和室で布団を敷き寝かす。シーツをはずして風呂で汚れを落とし洗濯。またノロウィルスになりそうだ。布団を庭へ干し、ベッドを見ると、マットレスまで汚れているではないか。とりあえず洗濯。
「今日はまだ火曜日なのに堪忍してくれよ！」と思った。翌朝は孝太をフミコの実家に預け、３人で過ごした。悪夢の昨夜、あんな経験をしたことはない。毎日が試練の連続。ひとりでの対応には限界があることも知った。

　またも雄祐がリタイア。昨日、友達のゴダイくんと下鴨神社で遊んだ時に虫に刺されたようで、首に2か所、お腹に3か所「プクッ」と腫れている。夜、お風呂に入る前に見てみると腫れが広がっている。昼前に皮膚科に行けなかったので翌日病院に。虫刺されではなく、なんと水ぼうそうだった。今のうちに「膿を全部出しとけ」ということなのだろうか。孝太には間違いなく感染する。蔵馬は水ぼうそうになったのか？　私には記憶すらない。

　短期間の間でこれだけのことが起こった。「母子手帳お持ちですか？」と言われたが、母子手帳がどこにあるのかわからない。

　完全にリズムが狂い、身体もメンタルも相当なダメージを受けた。この先どうなるのか？　やっていけるのか？

　そんな思いを抱えながら毎日を過ごしているけれど、そんな中でも唯一子どもたちの成長に救われる。孝太が泣かずにバイバイと言って園へ行くことが出来るようになった。ようやく慣れたのか。2歳児で孝太だけがまだ喋れない。

「とぉ〜」は父親、

「かぁ〜」はフミコ。

「ク〜」は蔵馬。

「じ〜」は雄祐。

はっきり言えるのは「いやいや」だけ。

孝太が園に到着すると必ず3人の子どもが寄ってくる。孝太は少し照れくさそうにする。何はともあれ泣かなくなった。

あれから1か月

フミコが亡くなって1か月。いろいろ悔いは残るがガンの宣告を受けたときの覚悟と、亡くなった後の覚悟はまったく別物だった。亡くなってからは予期せぬことばかりが起こる。現実を受け止められないのだ。

仕事のほかに子育て、学校のことが追加された自分に、子どものことを考える余裕などない。特に日曜日など家族で行ったお店に行くと「お母さんとこれを食べていたよね」と淋しそうな顔をしている子どもたち。時間が解決してくれると思うが今は見守ることしかできない。

夜、洗濯ものを干している時に雄祐が「お父さん天国ってどこにあるの？死んだらお星になるの？」と夜空を眺めての質問されるのは辛い。現実を受け止めて前を向かないといけないと思いつつ受け止めることが出来ないのが現実だ。

仕事の想定外はキャリアを積んでいく中で対応できるようになるが、子育ての想定外への対応はうまくならないように思う。

第7話　家事に終わりがない

2009年、複雑な春、新学期は波乱でいっぱい

春はなぜか気持ちが昂る。しかし今年は、不安と背中合わせ。前に進むしかないのだがはたして前に進めているのだろうか？

蔵馬は６年生、雄祐は１年生になり新しい生活が始まる。蔵馬の存在は大きく、少しは安心できる。しかし蔵馬に委ねることを口にすると重荷になる。孝太は乳児園でリズムある生活に。仕事と家事と子育ての両立は困難と思いながら敢えて挑んでいる。沢山の方々の優しい気持ちが本当にありがたい。２００９年の春が始まった。

４月１日、早いもので会社の代表になって３年目を迎えた。つくづく、大きなうねりの中に立っているような気がする。３年前のあの日、フミコのお腹の中には孝太がいた。２人で挨拶に回り大変な１日だった。あれから３年。いまだに落ち着かずに毎日をこなすことで精一杯。子どもたちは義母に夕食だけお世話になっている。いつも「甘えてくださいね」と言われる。「ブログを読むと毎日の生活がようわかる」とメールをいただく。書くことで１日が終わる感じだ。ひとまず孝太の乳児園、蔵馬の野球復帰、雄祐の幼稚園卒園と小学校の入学。怒涛の１カ月半だった。

４月６日、雄祐の小学校入学式の当日、会長の愛娘が同席してくれた。会長の子ども３人は「私たちはフミちゃんにお世話になったので、蔵馬くん雄ちゃん孝ちゃんの面倒を見ますよ」と言ってくれた。

肌寒いが天気は晴れ。桜が少し残るくらいの校庭。背が低い雄祐は「本当に小学生？」と思ってしまう。蔵馬の存在は大きく、蔵馬の友達が「雄ちゃん!!」と声をかけてくれる。まわりは家族で出席する。嬉しそうな顔をする反面、複雑な笑顔を見せる雄祐。

入学式の後に教室で先生から説明があった。みんな真剣な顔なのに、その中でひとり大きなあくびをする雄祐。何か大物になる予感がする（笑）。

大丈夫かなぁ？　雄祐、入学おめでとう！

孝太は新学期からいきなり水ぼうそうに感染。義母のところに預けることにした。近くにいてくれるので本当に助かる。

2回目の月命日を迎えた。子どもたちから「お母さん」と言うフレーズが減った。雄祐はほとんど言わないし蔵馬も言わない。たまにテレビのCMを見ていて、

「この人可愛いなぁ」と蔵馬に言うと雄祐が、「お母さんより好き？」と聞くので、「好き」と言うと「お兄ちゃん！」と雄祐は怒った顔で言う。

私はいまだ現実を受け止めていない。とにかくこの2か月間、4人にいろいろなことが起こった。

ようやく自転車の補助輪なしが乗れるようになった雄祐。ヘルメットも蔵馬のお下がりをやめ、自分の好きな色（パープル）のものに替えた。雄祐は身体が小さいのでヘルメットのサイズが合わない。自転車は2年前にフミコが購入したものだから小さい。決して蔵馬のお古には乗らないのだ。

今日は孝太のサングラスをかけて楽しく乗る。危なっかしいが身体で覚える。これも勉強。少し早い反抗期なのか、素直さがなくなってきた雄祐。私にも責任があるが忘れ物をしても全く平気で少々うそをつくときもある。

「お父さん大嫌い！」なんて言うこともある。

蔵馬と比較はしないが、性格が正反対なのでついつい目につく雄祐、知らず知らずに強くあたっていることに気づく。今は自転車に乗っているときが一番楽しそうだ。

そんなとき、雄祐が問題を起こす。

義母の家にいるはずの雄祐が午後6時半を過ぎても戻らない。

近所の方にも探してもらった。1時間後、雄祐は何もなかったように帰ってきた。おばあちゃんに怒られ、蔵馬にも怒られる。雄祐は、友達の家に行っていたと言うだけ。誰の家とは絶対に言わない。

私が迎えに行くと蔵馬が開口一番、「雄祐は友達の家に遊びに行ってこんなに遅く帰ってみんなに迷惑かけたよ」と言ったので、雄祐は「また怒られる」とバツの悪そうな顔をした。

家に帰って2人で風呂に入ると、「〇〇さんのお母さんが遊んでいきって言ったから」と本当のことをやっと言った。沢山言い聞かすことはあるが、「明日、おばあちゃんに謝れよ、迷惑かけたからなぁ」とだけ伝えた。

物事にはアクシデントやイレギュラーなことが起こることが多く、なかなか予定通りにいかない。特に朝は登校ラッシュで毎日が戦争だ。前夜に準備する雄祐の時間割は蔵馬が確認してくれる。自分の身の回りのことができない雄祐。雄祐のヘルプをすると今度は孝太の着替え。そして朝食を食べる準備とてんてこ舞い。

仕事の昼休みに洗濯を干しに帰ったり、買い物に行ったり。今までやったことのないことだらけ。

ママ友から「手を抜いて」と言われるが、仕事と同じで、初めてやることは手の抜き方がわからない。手を抜くと台所のシンクに洗い物がたまり、洗濯機の前に洗濯物がたまる。「これ、誰が片付けるの?」と思ってしまう。

どうも段取りよく同時進行ができない。お湯を沸かしながら洗濯機のスイッチをONにしてその間に次はこれが出来るということが当初は出来なかった。頭が固かったのかもしれない。しかし、だんだん慣れてくる。

同時にいくつかの作業が出来ると、今までより少しだけ早く寝られるようになった。

あるとき知人から「オレ、料理得意やから」と言われる。

「はぁ？　365日3度のご飯作れるの？」と心の中で呟いた。

ストレスの原因

整理整頓しないとストレスが溜まる。子どもがいない間に部屋の掃除ができる。しかし整理してもすぐに部屋は散らかる。凄いストレスを感じている。掃除しても掃除しても片づかない。そりゃ小学6年生に小学1年生に乳児園では仕方ない。フミコが時々キレていた。「片づけて!!」と。

マンションの間取りは3LDK。玄関の両サイドに6畳、4畳半の洋室。それと6畳の和室とリビングだ。そのうち玄関入口の4畳半の部屋が開かずの間になっていたのでこれを整理するのが大変。

子どもが3人、まして男の子。整理にとんでもない労力が必要だということを今さらながら思い知らされた。

整理は毎日の積み重ね。やればやるほど気になり、手を抜けば抜くほど汚くなる。フミコにはたまに後片づけを手伝ったりすると「手伝ってあげた」と上から目線だったように思う。そして家事には終わりがないと気づいた。でも、家事は出来ないのではなく、やったことがなかっただけ。家事ではなく「いえのこと」なんだと反省をする。

洗濯もだんだん慣れてきた。そんな時にやってしまった。洗濯機の蓋を開けると服に白い紙が着いている。

「えぇ？　レシートかメモ？」と思った。しかし底に手を入れると「何？ゼリーのようなもの？」……あぁパンパース洗ってしまった……。

「やばい！」と大声を出してしまった。

そして3日後にまたやってしまった。保育園では使用済みの服をナイロン袋に入れて保管してもらっている。いつも分別してもらっていたので確認せずに洗濯機に。先日のミスがあったので確認をしていたつもりがつもりは駄目だった。あぁ〜洗濯機潰れるのか〜。

病んでますよ‼


フミコが亡くなって3か月が経過したころに、ある方から「オマエの会長が言っていた。半年間仕事は目を瞑《つぶ》るって」と言われた。

「えぇ？　半年後に元に戻れってこと。無理だよ」と思う。今まで通りのリズムや価値観は受け止められなくなっていた。心が弱り、何気ない言葉にも敏感になる。これはまずいと思う。そんな時にママ友のご主人から、「一度メンタルクリニックに行かれた方がいいのでは？」とアドバイスされた。

ご主人は医療関係の方なので適切なアドバイスと受け止め、紹介されたメンタルクリニックに行く。

待合室の患者さんを診て「あぁ、病んでいる」と思った。先生に呼ばれ診察室にでフミコが亡くなってから今までの経過を話した。

「泣かれましたか？」

「泣いてないです」

「喪に服すという言葉があるでしょう。その期間に泣かないとだめです。気持ちの表出が大事なのです」とも言われた。

「先生、私は病んでいますか?」

「はい、病んでいます。あと半年ここに来るのが遅ければ鬱になっていましたよ。山にでも行って大泣きしてきてください。一番感じておられるストレスは何ですか?」

「仕事です」

「ストレスの原因がご自身でおわかりなら向き合ってください。それと仕事をセーブしてくださいね。頑張りすぎです。大丈夫ですか?」

先生からの指摘とアドバイスに納得してクリニックを出た。

「男性は泣くことがみっともないと言われますが。実はそれが問題ですよね」

と先生は言われていた。あわせてブログのことを言うと、「気持ちの表出になっているので書き続けてください」とも言われた。

「仕事はどうしよう、元には戻らないよ」と思いながら車の中で考える。1年前に父親を亡くしているので死を少しは理解していたつもりだったが、こんなにも重いとは予想だにしなかった。仕事に対する責任感は感じている。

しかし元に戻れない現実がある。

ネットで死別父子家庭と検索すると「仕事をとるか家族をとるか」と出てくる。「こんな結末を迎えるの？」と思う。このあたりから友人との距離感を覚える。心許せる人にだけ話をするようになっていく。付き合い方を考えないとしんどくなってきた。

早いものでフミコが亡くなってから８か月が経過した。子供たちもようやく仏壇に手を合わせて学校に行くようになった。淋しいけれど何処か解放感があり、楽しく、口うるさい父親との生活にも慣れてきたようだ。

「自分で出来ることは自分でする！　自分のことだけするな！、弟のこともする」

そんなやりとりをする毎日。

「料理出来るの？」といつも雄祐は聞く。作ったあとには、「出来るやん」と言われる。８か月間の経験は大きい。でも洗濯物の整理だけは未だに邪魔臭い。

ひとりでの子育て

２００９年もあと少しの時、フミコのご実家に不幸があり、義母に子どもたちを見てもらうことができなくなった。全て自分で家事、子育てをすることになった。

不安に思いながらも、出来ることも増えたので大丈夫だろうと思った。

そんな夜に、小田和正さんの「クリスマスの約束」をテレビで観た。アクア・タイムズの「虹」を聴いた時に涙が止まらなかった。

不安を感じ前に進む自分に強烈なエールであった。張りつめていた気持ちが少し緩んだ瞬間でもあった。

♪ 左胸の奥が高鳴る期待と不安が脈をうつ
本当に大丈夫かなぁ
全て乗り越えてゆけるかなぁ
大丈夫だよ ♪

まるで今の心境だ。もう涙が止まらなかった。天国からも「大丈夫だよ」

と言われている気がした。

そして２０１０年を迎える。

第８話　一周忌

法要と報告

15日が月命日なのでフミコの好きだったクレープを買って供える。午後4時頃買いに行くと窓の前を歩く赤いフードが見えた。

「雄祐！」と呼ぶとびっくりした表情で「何でいるの？」とランドセルにけいいばんハーモニカ、体育着が入ったカバンを抱えて入ってきた。店の中でクレープを食べているとそこにまた蔵馬が登場。蔵馬もクレープをペロリと食べた。

『カフェ・フェルメール』は、蔵馬が赤ちゃんの時からのお付き合い。子どもたちも気心許せるところなのでいつもリラックスできる。雄祐が、なんで15日はいつもクレープ買うのと聞くので、「お母さん大好きやったし」と言う。

来月が一周忌、本当に早い。一周忌の準備もしないといけないし、蔵馬の卒業もある。明日は雄祐と掃除をする。命日へのカウントダウンが始まる。

生活のリズムがようやく掴めてきた。料理も少しできるようになったし洗濯も、子どもたちのことも少しは理解できた。しかし心に空いた大きな穴は埋まらない。命日が近づいてくると去年の2月15日、亡くなった瞬間のなんとも言えない気持ちが甦ってくる。毎年この恐怖感を感じるのだろうか。

一周忌の法要は、先輩や友人にご参加いただきお寺で執り行った。終了後、癌宣告から告別式、その後、何かにつけてお世話になっている20名近くの方に参加いただいて代表取締役主夫・就任一周年記念報告会になった。子供たちも大喜びで、区切りがついたように感じた。

この1年間、1日が、1週間が、今までの人生で一番早く感じた。辛いとか、悲しい、淋しいとかを感じる時間さえも無かったほどだ。絶望感や先行き不安もなかったことはないが、早くリズムをつくりたいという一心だった。仕事も人間関係もリズムが狂うとキツイ。毎日が無我夢中だった。

蔵馬の卒業、孝太の卒園

今日は肌寒い中、小学校の卒業式。

昨夜から、私は寒気を感じ風邪薬を飲んで寝たのだが、朝6時に目が覚め、まだ寒気が。なんと38度6分。風邪を引いていた雄祐がもらっていた座薬を入れ、風邪薬を飲んで何とか1度ほど下がった。

蔵馬は先日買い物をしたジャケットとパンツで決めて、雄祐もジーンズに黒のジャケットを着る。雄祐の方がキマっていた

卒業式を行う講堂が寒く、熱がぶり返しそうで怖かった。びくびくしつつ終了したのが午後12時10分。その後の祝う会は受付が12時半からなので、お世話役の私は全く余裕がなく写真も撮れない。バタバタしながらなんとか無事に終了した。

蔵馬は4月から中学生に。もちろん野球部に入部する。そして孝太も乳児園を卒園する。最後の登園の日。迎えに行くとすでに待ってていた。

「なごり惜しいですが、私たちは次のＳＴＥＰに進みます」

先生や友達のおかげで、成長した孝太。乳児園のことは忘れないと思う。

先月の中旬から紙おむつをはずした。おもらしは一度もない。私のせいで虫

歯ができ、歯医者に通っている。はじめは診察の椅子に座るまで1時間ほどかかっていたが、今では「孝太くん」と呼ばれると「ハイ」とひとりで診察室に入り治療してもらう。毎日朝夕、歯磨きをしている。お兄ちゃんの雄祐がすることは自分も出来ると思ってなんでも真似をする。

孝太は母親の愛情を直接受けられなかったが、多くの方の愛情の中で育ったということをきっと理解してくれると思う。

2010年が始まった

蔵馬は地元の中学に進学し野球部に入部した。1年前とは身体つきが変わり、引き締まっている。新しい友達だちが出来て毎日笑顔が絶えない。あるとき蔵馬から「お父さん、友達もお母さんいないって」と告げられる。

孝太は乳児園から保育園に。新しい環境に馴染むのだろうか？　と少し心配をする。

孝太にとって新しいスタート。保育園に着くと、孝太は周りをキョロキョロ。教室に入ると乳児園の友達が、「おはよう」と駆け寄ってくる。孝太はなにかほっこりした表情で「イワさん（岩本先生）いないね」と言う。乳児院の先生を探しているのだ。孝太とバイバイして別れた。

迎えに行くと、ちょうどお昼寝が終わった時間で孝太はあいかわらず、ズボンが前後ろ逆。「もう帰る?」と聞いたとたん、帰るバージョンにスイッチON。担任の先生から「特に変わった様子はなかったですよ。大丈夫だと思います」と言ってもらえた。

何もできなかった家事が少し出来るようになる。出来ると楽しくなり、どうやって時間を短縮しようかと工夫する。子育てにおいては、未だに感情をコントロールできないときもある。子どもの成長が早く逆に教わることも多く、大変な分だけ奥が深く楽しいと感じ始めている。

仕事に打ち込めないストレス

しかし仕事はどうだろう?　一番のストレスが仕事だとわかっている。仕事は以前のようにいかなかった。どうしても子どもが優先する。この状況を乗り越えないと社長としての当番も全うできない。気持ちばかりはやり、会社のバックアップもあるが、心と身体が一緒に動かない。仕事に邁進していない自分がはがゆい。スランプなんだろうか?　いや、一向に元のペースに戻れない仕事にストレスを感じているのだ。

そんなあるとき、部長から「社長、以前よりも優しくなられましたね。もっとビシッと社員に言って欲しいのですが」と言われたのである。

今までは社員と同行し、同じ汗を流してきたのでキツく言えたが、家庭の順位が高くなり、同行の回数が減った今、社員を叱れなくなっていた。仕事は出来て当たり前のように思っていたが、それはフミコというサポートがあったからで、今はそれが出来ない。仕事が苦しみに変わっていく。

ある夜深夜に苦しそうな声が……。雄祐がまたやらかした。寝る前もお腹が痛いと言いながら寝たので雄祐の横に添い寝した。数分後、妙な動きをする雄祐。「やばいゲボ（嘔吐）」。次の瞬間、枕元の洗面器にナイロン袋を広げ、ティツシュを入れて準備した。

「大丈夫か？」と確認すると「まだ出そう」嘔吐がおさまったと思いきや今度はウンチだ。トイレに行くのが遅かった。もう止まらない。畳の上に
「わぁ～！」

孝太のパンパースをはかしたがこれもだめ。朝3時半に洗濯機を2回まわした。雄祐はなんとか落ち着いた。

翌日は学校を休ませて小児科へ。唇の色が変わり、やばい。診察の結果「ウィルス性腸炎」だった。でもこれだけでは終わらない、帰ると熱が39度。ヒエピタを貼り座薬を入れてまた仕事へ戻る。お世話になっているママ友のお宅にメールで報告。すると、友達のイシダくんも先週同じ症状だったらしい。孝太は感染を恐れ義姉宅へ連れて行った。

雄祐のノロウィルスの感染でなんと孝太がロタウィルスを発症する。そして蔵馬もノロウィルスに。孝太は1週間の入院を余儀なくされる。小学生以下は親が付き添わないといけない。

「孝太がロタウィルスで入院することになりましたので、お休みいただいて付き添いたいのですが」と会長に懇願すると、「仕事なめているのか！」と叱咤された。

「えぇ？」と思う反面、仕事が出来てないから仕方ないと思った。仕方なく義姉と叔母にお願いした。「仕事の役割は本当にこのままでいいのか？」と考えさせられた。

孝太は1週間入院したものの、すこぶる元気で、病院を走りまわり。義姉と叔母にはお世話になり助かった。

入院という想定外のことで、「ひとりでは何も出来ないなぁ〜」と改めて思った。3兄弟同時期のダウンは本当に大変だが、また一つ経験になった。会長からは「有事に備えることが必要」ときつく指導を受けた。今後は家政婦さんを雇うか……。

疲れが抜けないのが今の悩み。少し休みが欲しいのが本音。6月も明日で終わり。いよいよ夏休みが近づいてきた。母親もフミコもママ友も「夏休みはいらない」と言っていた意味が少しだけわかる気がする。

あぁ、孝太がついに口にした

恐怖の夏休みが始まった。子供たちはびっくりするほど成長している。私が仕事をしているので、子どもたちの居場所は自宅と学童保育。孝太は保育園。どうしても目が届かない。蔵馬は部活があるので自分でスケジュールを組み、心配だった雄祐は私の実家までひとりで行けるようになった。

ある夜、孝太と風呂に入っていると、「お母さんに会いたい」と口にした。あぁ、ついに口にしたと思った。孝太は母親の面影も、匂いも、温もりも覚えていない。気がつけばお父さんとお兄ちゃんが2人の家族4人。その生活が普通になっている孝太。蔵馬、雄祐がいるので蔵馬が膝の上にのせて遊んでくれている。その風景を見ると涙してしまう。もちろん雄祐も孝太の相手をしてくれる。兄弟がいてくれて良かったとつくづく思う。

「時間薬だよ」とも言われた。時間が解決してくれるのかとも思ったがそれは違った。１年目よりも２年目の方が辛くてきつい。１年目は気が張っていたからだろうか。

納骨してから、本当にフミコがいなくなったことに気づく。

６月に雄祐、孝太をつれて社員研修で東京に行き、８月は２年ぶりに海水浴に行った。

「前に来たときはお母さんもいたね～」。子どもたちのそんな言葉が胸に響く。10月には念願の鞍馬の火祭りに、残念ながら雄祐は風邪で行けず。

主夫２年生は少しリズムがつかめ、仕事中も以前よりは睡魔に襲われなくなった。昨年は朝10時ごろまで眠たくて仕事なんか出来る状態ではなかった。ただ好きなお酒が呑めなくなってきた。夜の街にめっきり出なくなった。というのも子供たちにいついつ緊急のことが起こるかわからないという緊張感が常にあったからだ。

第9話　子育ては親育て

雄祐、8歳

雄祐、誕生日おめでとう。8歳だね。お母さんと天真爛漫に育てと命名したけどそのままやね。孝太の面倒も良く見るお兄ちゃんになった。お母さんも喜んでいると思う。お母さんがいなくて寂しいけど決して口にしない雄祐。ゆっくり学校のことも聞いてあげられないし、参観日も行けない。

　野球も観に行けない。どんな事もどんな時もいつも笑顔で吹っ飛ばしてくれて、めちゃくちゃ助かってるよ！　みんなより少し早く大人になりそうな感じ。ひとりで近くのカフェにも行けるし、買物も行ける。わからなければ、ちゃんと店員さんに尋ねることも出来る。雄祐は成長した。独特の雰囲気とリズムとひらめきにお父さんは羨ましい。好きな野球も、これから始めるサッカーも、一生懸命頑張れ。

　どれが雄祐に合っているのかお父さんもお兄ちゃんもわからないから、自分で何をするのか決めてくれ。ただ上手になっても天狗だけにはなったらアカン！　それだけがお父さんからのお願いだ。

子育ては親育て

時間の経過とともに子どもたちは成長する。しかし自分はどうだろう。口では「大変です」と言うが、大変なだけで終わってないだろうか？

フミコがいた頃は全てが当たり前だと思っていた。当たり前が当たり前でなくなることの不便さに気づかせてもらった。

そして、こんなことも発見した。

「あれ？　子育てって実は親育てじゃないの？」

あるときママ友ゴダイ母にそのことを伝えると、

「そうですよ、子育ては親育てですよ！　それと、育児は育むに児童の児と書きますが、実はもう一つありますよ。育むに自分の自で『育自』です」

そう言われ大きくうなずく。毎日が想定外ばかり。「何故こんなにも感情的にならないといけないのか？」と思うこともある。

そんな時にテレビである話を聞いた。

外国人と結婚している女性が、「文化も違う主人と暮らすと、毎日が大変というか面白い。毎日がドラマだと思うと怒る気もしない」と言っていたのだ。

「毎日がドラマ」。その言葉に反応してしまった。これって今のオレじゃない？　子育てってドラマ…？　そう、毎日がドラマだ！

そう思えると、気が楽になった。私は、ドラマのような日々の中を生きているのだ。

家事、子育ては出来ないのではなく、やったことがなかっただけ。そして、育児は子供を育てているのではなく、自分も育てられているのだ。

今まで何もかもが当たり前だった。仕事に関することで遅くに帰宅する。当たり前のようにお風呂に入り、翌日朝食を食べて出勤する。何事もなかったようにそんな日々が繰り返されていた。

けれど、シングルになると全て自分でしなければいけなくなった。当たり前のことが当たり前でなくなっていくことに気づいた。

主夫＝母親の代わりをしているつもりだったが、毎日子どもたちと接していると母親の代わりなんて出来ないと思った。子供たちは「お母さん、お母さん」と母親にすがることが多い。けれど、うちは「お父さん、お父さん」と呼ぶので聞き返すと、子どもたちは呼んでいるだけで「ただ傍にいて欲しい」という顔を見るたびに、「本当は俺じゃないよなぁ」と思ってしまう。

蔵馬と雄祐はいつもフミコが横に座り、一緒に絵を描いたり、絵本を読んだりしていた。細かな躾もしてくれていた。孝太には何も出来てないと痛感する。

母親の存在は絶対で、いくら父親が頑張っても母親にはなれないと、育児をするほどに、子どもたちと接するほどに感じる。

雄祐のＳＯＳ

２学期が始まり雄祐の懇談会があった。その時に担任から、「野球があるときにお腹が痛いというのです。何かありましたか？」と聞かれた。雄祐にお風呂で確認すると２学年上のチームメイトに陰でつねられたり、キックされたりしたそうだ。そんなこと一言も言わなかった。

一度、保護者代表にメールを入れた。改善はしてもらったし、雄祐の前で５年生は謝り、もうしないと伝えたようだが、また始まったようだ。

「オレ、野球行かないから」その一言で発覚した。

蔵馬が入部して、一度受験のために退団したチーム。しかし、フミコが亡くなった時には本当にお世話になった。野球に復帰したおかげで毎日明るく過ごせた。恩義は十二分に感じている。しかし、高学年が低学年をいじめるってどうだろうか。子どもたちには「女の子と年下はいじめるな」と教えている。雄祐にすれば「何？　これ？」という感じだろう。納得いくはずがない。ましてや「『もうしない』といったのにするのは許せない」とのこと。

雄祐にも「筋」がある。親が練習に行けといったところで逆効果。このタイミングで辞めるのもひとつだし。「最後は自分で決めろ」と伝えた。

結局雄祐は退団し、蔵馬の中学のチームメイトが所属していたチームに入部することになった。この繋がりがあってよかったと思う。新しいメンバーの中で野球を続けることを決断した雄祐に拍手を送る。

ついに口にした「新しいお母さん」

孝太が「新しいお母さんが欲しい」と言った。

「お母さん何で死なはった」とか「お母さんがいないから5人家族にはなら

ない。でも、新しいお母さんが来たら５人になれる」と言う。今日も担任の山野先生に伝えると「だんだん自分の状況が理解できてきたと思います」と言われた。

孝太は覚えてないから仕方がないし、そのリクエストに応えることは出来ない。もっと掘り下げると、口にしない蔵馬と雄祐の気持ちはどうなんだろうと考えてしまう。

子どもの成長に一喜一憂する中でも、気をつけていたのは他の家庭と比較しないこと。そして、子どもたちには常日頃から「物事は極力自分で決めるように」と伝えていた。

私が決めると、「お父さんがあの時ああ言ったから」と言われてしまう。それが私にとっては一番嫌なことである。もうひとつは、いつまでもお父さんはいないからね……と。

フミコがいなくなったからこそ遅かれ早かれ来る日に備えて、少し厳しいかもしれないけど伝えていかないと。

婚活も考えたことがある。子どもたちの面倒とか、家事が楽になるとかではなく、孝太が母親を知らないまま育つことを心配した。あとは、仕事のことを考えると新しいパートナーが必要かとも思っていた。そんなとき、ベテランのママ友からの声に頷いてしまった。

「ツトムさん、誰のために結婚されますか？　孝太くんのためですか？　孝太くんのためなら反対ですね。ご自身のためなら賛成しますが」

また、ある友人は、「再婚した方がいいのでは？」と言ってくれた。しかし、再婚すると子どもたちに影響を与える可能性もある。ぐれる可能性も。子どもたちにとって、新しい母親を迎えることは非常にデリケートで難しい問題だ。色々考えたが今はひとりで育てようと思う。

引っ越し

蔵馬の「校区外」が適用されなかった。3月までに引っ越しをしないといけない。引っ越し出来なければ「隣の中学に転校です」と。

蔵馬が1歳の時に購入したマンション。想い出一杯のマンションだった。子どもたちにも確認した。学校は近いし、お友達も近い。

新しい住まいで3回目の命日を迎えた。それぞれの思いを胸に手を合わせる。年に5回（正月、命日、春分、お盆、秋分）も行くと手慣れたもので蔵馬は草むしり、雄祐はお花を換える。孝太はお湯でお墓を拭く。ちゃんとわかっている。子どもたちはどんな気持ちでいるのだろう。3年経ったから話せることも多くなった。自分のことも少しは振り返ることができるようになった。

毎年命日が過ぎてから、ママ友がお参りに来てくれる。改めてフミコの存在をママ友から伺える。見えていないかったところが見える。フミコの幼馴染からもフミコの話を聴き、。フミコの話をすることで気持ちが癒されていくのを感じた。

雄祐が新チームに

雄祐が松ヶ崎シャークスに正式に入部。午後12時から卒団式があったので、雄祐は朝9時から11時半までの練習。行くなり「あぁ、あのチームから来た3年生」と声が上がった。

迎えに行くと、雄祐はバッティング練習をしている。代表自ら指導である。

「いいパンチしています」と代表から。雄祐は飲み込みが早そうだ。6年生になったときが本当に楽しみだ。帰り際に「Bチームで登録しましたので試合に出てもらいます」と言われた。

２０１２年、蔵馬は中学３年生、中学野球最終年であり、年が明けると受験が待っている。雄祐が４年生、孝太は保育園年長になった。生活のリズムも出て来て、料理もレパートリーが増えた。トリのから揚げ、パスタ、オムライスなどが作れるようになった。子どもたちからのリクエストも聞けるようになった。

孝太６歳になり、ついに雄祐がフミコと別れた歳になった。蔵馬も雄祐も母親のぬくもりを感じて育ったので手を握っても握り返してきたが、孝太は握り返さなかった。保育園の先生に「お母さんと手を握る習慣がなかったからおかしくはないですよ。習慣です」と言われたとき、納得すると同時に少しショックだった。

第10話　決断する時がやってきた

さあ、主夫5年目が始まる

雨の命日は初めてだった。フミコの実家に寄ってから墓参りに出かけた。義母から「本当に明るく育ててもらってなにより。何も出来ないのが辛い」と言われた。4年経過してやっと、こうした話が普通に出来るようになった。

車の中でフミコ（母親）の話を蔵馬と雄祐が話していた時、それを聞いた孝太は「お母さんに会いたかったなぁ」……と。間髪いれずに雄祐が「無理やろ」とぼそっと言った。孝太は「お母さん夢に出てきてください」と手を合せていた。

切ないけれど仕方がない。きっといつかこの経験が世の中に役立つと思う。そう思って生きよう。

今振り返ると、フミコが亡くなった当時は、頭が回らないし物事をゆっくり考えられなかった。目の前のことと明日のことだけを考える毎日。将来とか、目標とか、そんなことを考える余裕もなかった。けれど、なぜか毎日が楽しかった。嬉しい涙や、悲しい涙もたくさんあった。蔵馬が主将になって成長していく姿や、乳児園に預けてバイバイしたときに大泣きしたり、迎えをひたすら待っていた孝太を見てると、涙がこぼれてきた。そういえば、雄祐は涙をかなりこらえていたなあ。本当は泣きたかったはずなのに。

仕事を優先しなければと思いつつ、ひとりとなってからは子育てや家事のリズムがようやくつかめてきたが、仕事がおろそかになる。4年経過しても元に戻らないまま、「これでは社長の当番を全う出来ない」と思っている矢先、部下に言われた、

「社長優しくなりましたね」の言葉は胸に刺さった。社員と同じ現場で汗を流す機会が減ってしまってから、社員に強く言えなくなっていた。仕事が出来ないトンネルの中から一向に光は見えなくなっていた。

蔵馬の合格に孝太の卒園

春の匂いがする季節になった。蔵馬の受験と卒業、孝太も卒園、そんな

シーズンを迎える。

朝9時すぎ、蔵馬から電話があった。「お父さん、合格した」「ヨッシャー」と言いたかったが、しみじみとよく頑張ったなと思った。そして、孝太は3年間お世話になった保育園を卒園する。卒園式にある保護者から、「謝辞お願いしてもいいですか？」と頼まれ「喜んで」と引き受けた。

少し寂しい思いをさせてしまったが孝太は、3年間でぐっと成長し、頼もしくなった。園に預けた頃は手を握り返さなかったけれど、卒園するときには手を握ると握り返すようになっていた。先生、ありがとうございます。

保育園に行く途中、孝太が言った。

「お父さん、やっぱり新しいお母さん欲しいなぁ〜。だって妹欲しいから」


式が始まった。涙を誘う場面が多々あった。子どもが修了証書を受け取り、親のところで一言二言。親も子どもに返す。出だしから担任の先生はウルウル。アカン、泣ける。そう思っていると、とうとう孝太の番がきた。

「お父さん、いつも傍にいてくれてありがとう」

「孝太おめでとう。でも、お父さん今は泣けないよ。謝辞が読めなくなるからね」

場内が爆笑に包まれた。

謝辞を読む番がきた。大丈夫だと思っていたが、込み上げるものが……。最後までどうにか我慢できた。

園長先生から、「心のこもった謝辞ありがとうございました」と言われた。

蔵馬は高校1年生、雄祐は5年生、孝太が1年生になった。日々の生活で口酸っぱく言うのは、「目を見て挨拶、お礼、お詫びが大事」の3つは仕事で学んだことである。すべて仕事で学んだことだ。どんなにきちんと挨拶やお礼、お詫びをしても目を見なければ心が通じないと学んだ。

子どもたちにはいつも「目を見なさい！」と言い続けていた。

孝太の家庭訪問で、担任からこう聞かれた。

「孝太くん、お友達に悪いことをされたんです。それでお友達が謝ると、孝太くんは私に向かって言いました。『先生、謝ってないよ』と。『何で』と聞きますと、『目を見て謝ってないから』と言いました。お父さんどんな躾をされているのですか？」

ちゃんと伝わっているんだと、わかって少し嬉しかった。社員より子どもが実践してると思わされた。

もう限界、無理だ！

一方私は仕事と、子育て・家事のバランスが完全に崩れてしまっている。このことは自分自身が一番気づいている。もうひとつ気づいているのは会長との距離感。フミコと死別してからは、会社に対してどこかで引け目を感じていた。

「別に社長でなくてもいいのに」と思う。未だに心の傷は癒えないし、日常の生活に戻れない。心の中に哀しさが詰まったままで吐き出せない自分。心も病んでいるからだろう、今まで通りの言葉が受け止められない。取引先に挨拶に行くと仕事のことよりも「子どもたちはどうしている？」と聞かれる。

そんな取引先は何も言わずに契約を更新してくれるが、会長は私に「ちゃんと仕事をしてもらいたい」と思っているはずだ。

「会社のマンションに引っ越せば？　子どもたちの面倒は見るから。そうすれば仕事に専念できるから」

非常にありがたいのだが、地域のコミュニティに馴染んでいるし、地域の方々に理解して支えてもらっている。蔵馬、雄祐にとっては心許せる友達もいるのでと告げる。

ある時、先輩に「会長とケンカしたのか？」と聞かれた。心当たりはないので、「してないですよ。何かありました？」と聞くと、「『あいつ子育て頑張っているよなぁ！』と会長に言ったら、『仕事してないからなあ！』と返ってきたよ」と言われたのである。

とてもショックだった。夕方5時以降のアポイントは孝太を迎えに行くために入れられない。どうしても新規のお客さまとの約束が入ってしまったときは部長や課長にお願いしていた。そんな状況を見かねた会長に呼ばれた。

会長室のドアにノックを3回して入ると、開口一番、

「先日のお客様との話はどうなっている？」と会長に聞かれた。

「部長にお願いしましたが」

「部長に？」

「担当者とお会いし、ご契約いただきました。ただ納品に関しては『当社部

長が伺います』とお伝えいたしました」

「最後まで担当しなくて大丈夫か？」

「問題ありません。先方の担当者には事情もお伝えしておりますので」

「事情って、自分のか？」

「それも含めてですが」

「プライベートを持ち込むな、いつまでひきずっているねん」

その一言で、27年間築いた人間関係は崩れた。

「もう無理、もう社長の当番は全うできない」と悟った。

こちらの話も聞いてほしいとずっと思っていたが、かなわなかった。ハード面でのサポートはたくさんしてもらったが……。

このままでは心が潰れてしまう。

同じ頃、孝太のことが気がかりだった。小学校に入学してから、どうも寂しいシグナルが出ているように感じたのだ。保育園のときと何かが違う。やはり傍にいないとだめなのだろうか。

決断、仕事を辞める！

「子育てを後悔したくない！」。日に日にその思いが強まった。

社員教育をすると行きつくところはいつも親の躾だった。目を見る、挨拶、所作に食事のとり方などという躾の80パーセントは家庭で教わることだと思っていた。

シングルなので細かなところまで目が行き届かないことも多く、「アカンわぁ」と思ってしまう。このままでいいのかと自問自答する。フミコが亡くなった当初は「仕事に戻って、今までと違う形でも貢献したい」と思っていた。しかし、年々自分が描いていた理想から遠くなって、出来ないことが出来るようになることに楽しみを感じる。子どもたちに笑顔が戻ってくることにも気づく。出来ないのではなく、やらなかっただけと気づいた。

「何事も当番と思いなさい」

そう教えを受けた社長の位置が全うできなくなった今、降りるしかない。社長の代わりはいるけれど、父親の代わりはいないから。

そう思っていた矢先、朝礼で目頭が熱くなることが多くなった。本社の経営理念を毎朝唱和する。「一日一日と今日こそは　あなたの人生が私の人生が新しく生まれ変わるチャンスです」

新しく生まれ変わるチャンス、まるで自分に言われているように思う。会長との信頼関係も崩れ、心も限界に達した今、自分はここを離れて子どもと向き合うべきだと感じた。今、子育てをとらないと一生後悔する。蓄えは少しある。迷いはなかった

「仕事を辞める！　役に立っていないから新しい当番を見つけたいと思う」

先輩や友人に伝えると、みんな反対だった。

「お金大丈夫か？　子ども3人いるけど。そこが心配やなぁ？」などと言われたけれど、今は蓄えを使いつつ、子どもと向き合い一緒にいることを優先させたいと思った。そして、いつか必ず自分の経験を発信して、世の中の役に立つと。その信念は強くあった。

「冷静に考えろよ。子ども3人抱えているんだから。講師では飯は食えないぞ！」

「ほんまに大丈夫か？　思いはわかるけどお金は必要やでぇ」

沢山の方々に心配をかけるのはわかっている。けれど、「何事も当番」と教わった人間にとって、当番を全う出来ないことが一番辛く、一番のストレ

スであった。

別の友人にメールを送り報告すると、文末に、「自分の経験を発信されるなら、必ず我が社の講演会に招聘します」とありがたいお言葉をいただいた。

祇園祭が始まる季節に、意を決して会長の部屋に行って、「もう仕事と家事・子育ての両立は無理です。社長を辞めます！」と告げた。

会長からは冷静ではない顔で対応された。留意されることもなく、向き合うこともされず、そんな対応に愕然とした。別に怒りもなく退職する日を待つだけであった。

２０１３年10月20日に社長を辞任し、27年お世話になった会社を退職した。

フミコが亡くなった時に、ネットで「死別父子」と検索すると、「仕事をとるか、家族をとるか」と書かれていて、「まさかそんなことを考えるなんて」と思っていた。けれど、今の自分はまさにその岐路で決断をしたのだった。

フミコが亡くなってから一番のストレスだったのは仕事だった。その仕事を辞めた。脂の一番乗っているときに代表に就任し、前任者からのカラーを保ちながら会社のリーダーをさせていただいた。しかし、2年目にフミコが亡くなり、歯車が狂った。フミコが亡くなってから休んでないから、今後はすこし休憩。その後は子育てをキーに発信出来ることをする。

ただ形のないものを作るので、「飯食えるか？」と心配されるが、この4年間のことを活字にしてブログに残している。必ず自分たちの生き方が世の中のお役に立てると思って。

「人のお役に立ちなさい！」

そう教わった人間にとって、お役に立ててないと気づいたときにお金は貰えない。今度は、子育てを通じて世の中のお役に立つことに、敢えてチャレンジする。不安もあるが、不安が楽しみでもある。会社の代表には代わりがいるが、父親の代わりはいない。50歳にして新しいチャレンジをする。

10月初旬の区民運動会でちはるが先輩にばったり。退職と今後のことを話すと、「NPO法人設立すれば」とアドバイスをいただいたが、NPOのことはあまりわからないからピンとこない。

子どもたちには、「お父さん社長辞めるね。みんなの傍にいる。いつか自分で会社設立するから」そう伝えた。

昨日、夕食の買物で学童の先生にばったり。

「いつもお世話になっています。会社を辞めることにしました。少し孝太の傍にいたいと思っています」と言うと、先生から「そうなんですよ。孝ちゃんこの頃寂しいのかなぁと思う時ありますね。私たちの膝の上に乗ったりします」

やっぱりそうなんだな。

雄祐から、「お父さん、孝太のために仕事を辞めたの？」と聞かれた。

「3人のためだよ」

「お父さん、オレ5年生まで鍵っ子だったんだよ」と言われて、「やっぱり雄祐のことも何もわかってなかった」と改めて思った。

とにかく子どもと向き合うことが大事。死別した直後は仕事を休むべきだった。泣くべきだった。仕事、子育ての毎日で心のケアが出来ていなかった。

小学校のママ友にも報告。男性の反応とはまるで逆だった。

「えぇ？　孝太くんの傍にいるべきでしょうね。お母さんの記憶もないので寂しいと思いますよ。でも、よい決断でしたね。子どもの思いをくんであげてください」

ママ友に聞くと、小学生にも、親が寄り添ってあげるべき時期があると教わった。1年生から3年生までは、子どもは親を必要としているらしい。まして母親を知らない孝太にはその時間が必要だった。

「孝太くんが寂しいシグナル出しているって、よく気づかれましたね。なかなか気づけませんよ、シグナルを見落とす親が多いですよ」と言われた。

さて、専業主夫の日々が始まる。

今日が7歳の誕生日の孝太。2年4カ月だけ母親に育てられ、その後はバトンを引き継ぎ育てている。胸を張っては言えないが、「孝太はちゃんと育っているよ。でも少し淋しいようなので傍にいてやるよ」フミコに報告。

第11話　専業主夫業が始まった

子どもの顔を見つめられるように

仕事を辞めたことで、少し余裕ができた。子ども、料理、整理、そしてＮＰＯ法人設立のことを考えている毎日だ。子どもたちにも変化が起こる。

「ただいま！」と言って帰宅する。

「お帰り」と言って迎える。今まで学校から帰宅しても家には誰もいなかったから、子どもたち「ただいま！」とは言わなかった。初めて、「お帰り！」と声がかかることの喜びを感じたのだろうか。

「こんなん初めて言ったわぁ」と雄祐が呟く。当たり前のようなやりとりが当たりまえではなかったのだ。毎日帰宅時の顔を見ていると、学校で何かあったかがわかるようになった。

「今日は、いいことあったなぁ？」

「今日は何か悪いことしたのか？」

表情を見極めて、聞くように。子どもをちゃんと見つめることが大事だと教わる。

今までは仕方なかったで済ませてはいけないのだが仕方なかった。けれど、家にいることで子どもたちとの距離感が近くなったような気がする。新しい発見だ。

それと、子どもの癖にも気づくようになった。雄祐は話をしていて鼻を右に曲げると嘘だとわかる。孝太は下を向いて笑うと嘘だとわかる。距離が近くなったから、知らなかったことを知っていった。

まずは料理。今まで時間がなく凝った料理、いや普通の料理が出来なかったけれど、今まで挑戦しなかった料理にも挑戦。カレーライスも初めて作った。この頃から雄祐も孝太も少しだけ辛い物が食べられるようになった。ポテトサラダも、テレビの料理番組を見て作れるようになった。

ある日、圧力鍋を発見。ところが蓋がない。「捨てようかなぁ」と思っていたところ、ネットで調べると蓋だけが販売されている。注文し、早速豚の角煮に挑戦。

「お父さん、いけるよ！」と蔵馬が美味しそうに食べてくれてうれしかった。

しかし、翌日カレーライスを作るために圧力鍋を使用すると、サイドから蒸気が漏れる。焦って友達に連絡すると、

「たぶん蓋のパッキンがだめなんじゃない？」とのことで、再びネットで購入。パッキンを交換すると蒸気は漏れなくなった。ハンバーグ、唐揚げ、オムライス、豚の角煮、牛肉のそぼろ煮、そしてホットサンド、ワッフルなども作れるようになった。蔵馬のお弁当も余裕だ。

やはり時間が必要だったと改めて感じた。しかし、子どもは美味しいと言ってくれても2日続けて同じものは食べてくれないことがわかった。外食がめっきり減った。料理は出来ないのではなくやらなかっただけだった。それと、作り手の気持ちがわかるようになった。

時間をかけて作った料理があっと言う間になくなる。

「ご馳走様は？」

「ご馳走様美味しかった！」

「そう、それが要りますね」と初めて作り手の気持ちがわかった。

フミコにはいつもゆっくり食べてよと怒られていた。

その気持ち、今ならわかる。

蔵馬が「お父さん料理上手になったね」と言ってくれたので、自信もついてきた。

雄祐に変化が起こる

雄祐の様子が何かおかしい。なんと勉強をしている。蔵馬がお世話になっていた塾に1年生から通うが、まぁそれなりの成績でしかなかった。通知表の結果が悪くてもそれほど気にしていなかった。それが自ら勉強をするようになった。あるとき、「お父さん、『よく出来る』が5つあれば欲しいものを買ってくれる?」と言う。

学校の評価は「よくできる」「できる」「がんばろう」の3段階評価。雄祐は「できる」「がんばろう」だけ。「よくできる」は5年間皆無。まさか「よくできる」が5つもあるわけがない。「あっても3つかなぁ……」と思っていた。

通知表をもらってきた雄祐、「お父さん、はい」と渡してくれる。

なんと、よくできるが11個もある。これには驚愕であった。翌日先生に電話すると、「実は、お父さまがお仕事を辞められてから、安心感があるのか、落ち着かれました。そして勉強に集中するようになりましたね。雄祐くんには好影響でした」

まさか影響が出るとは。自分でスイッチONにした雄祐に驚き、エールを送った。

改めてママ友から言われたことが理解できた。

フミコが亡くなった時は会社のTOP。子育ても上から目線だった。結果を求め、まるで社員に伝えるように接する父親だったと思う。元来子どもは好きだった。しかし「子どもが好き＝子育てが出来る」ではなかった。雄祐の友人であるショウヤ母と、こんな話をしたことがある。

「育てるって難しいですよね。社員教育と家庭での子育て、育てるは同じなのに………」

そう言うと、「社員教育しておられますと、『まぁいいか』と思う時ありませんか？　子育てにまぁいいかはありません。覚悟が必要です」

と言われ納得した。やっぱり母親は凄い！

「お父さん」から「おとうさん」になった

子どもたちと向き合うと、目線が同じになったような気がした。父親目線から母親目線になる。ママ友からは、

「それ、完全に母親目線ですよ!!」と言われることも。

キャリアを捨てる前とは違う自分がいる。特に雄祐、孝太の笑顔にやられてしまう。その笑顔を向けられるとなぜか許してしまうことがあるし、許せる自分になってきていると感じる。

子どもへの、愛おしいと思う気持ちが増した。表現するなら漢字のお父さんから平仮名のおとうさんになった気がする。威厳のある漢字の「お父さん」から、子どもたちを愛おしいと思える平仮名の「おとうさん」に。

子どもたちも、表情を見ると以前とは違うことがわかる。傍にいることで距離感が近くなった。少しだけ子どもたちのことが理解出来るようになった。キャリアを捨てないとわからないことが一杯あった。子育ては片手間では出来なかったんだ。

子どもたちは自分のコピーではないし、3人にはそれぞれの人格がある。伝えたいことは同じだが、対応は三者三様であるとも知った。自分が決断し

た結果は子どもたちの口から出るだろう。不安もあるが、決断したことは間違っていないと思っている。

悲しみが蘇る

フミコを失ってから、毎日が慌ただしすぎて泣いていなかった。半年後にメンタルクリニックで「大泣きしてくださいね」と言われる。ゆっくりする時間がなかったので、結局亡くなった現実と向き合えてなかったのだ。

専業主夫になったおかげで時間が出来た。向き合う時間も増えた。向き合うと、さすがにまだキツかった。フラッシュバックが止まらない。どうも力が入らず、何もやる気が起こらないこともあった。「あぁ、完全にあの頃に戻ってしまったなあ」と思った。本来亡くなった直後に感じるべき悲しみに蓋をしていたことで、まだまだ傷は癒えていなかった。

部屋の整理をすると、懐かしいものが一杯出てくる。フミコが使っていたものや写真も。「やばい、涙がでる」そんなことの繰り返しだった。今まで感じなかった寂しさを感じるようになっていた。毎朝、子どものお弁当と朝食を作り、洗濯掃除をする。気がつけば午前11時。そこで一息つく。そのときに悲しみが蘇るのだ。

公園で蔵馬と雄祐がキャッチボールをしている。

こんな日が来るとは……。蔵馬もキャッチャーらしくなっているし、雄祐は蔵馬のボールに対応する身のこなしがとてもいい。

今年も無事に過ごすことができた。来年は人生最大のチャレンジをする。今までの生き方が、必ず世の中の役に立つと思っている。

新しい一歩が始まった

「NPO法人を設立すれば？」

とちはる先輩にアドバイスをいただいた。しかし、設立するには何が必要なのか手さぐり状態。沢山の方々のサポートを受けつつ、動き出した。また、「毎日更新しているブログを本にできないだろうか？」と、京都で一番大きな書店に行く。担当者から、

「ブログは本になりません。原稿にしないとだめです。それと、著名人ではなく一般人が書くのであれば世の中の役に立つ内容でないと。シングルのお父さんやお母さんは世の中に一杯おられますからね。まずは沢山本を読んで

ください‼」

と言われた。心の中では「無理かぁ」と思う。

「社内で講演会を開催しているので必ず招聘します」と言ってくれたダスキン時代の友人が、本当に3月に招聘していただくことが決まった。

また、別の知人から1月に京都市中央倫理法人会で講和する場をいただき、3月に向けての練習を兼ねて講演をさせてもらった。40人の前で講話する。今までの経験を時系列にして約50分話した。どこまで伝わったかわからないが、いい経験をさせてもらった。けれど聴講いただいた方から「この言葉の遣い方はＮＧだから変えましょう」と指摘があり、3月の講演に向けて修正した。

初めて講演料が発生する。講演時間は約80分。参加者は約60名。伊丹空港から仙台空港に向かい、そこから電車で宮城県の大河原に向かった。

「上手く話せるだろうか？」などとは考えなかった。話す前の準備が大事だと教わっていたので、練習を重ねて「よっし、いける‼」と思える状態にした。しかし、ひとつの問題は自分の気持ちのコントロールが出来るかが不安であること。感情が高ぶってしまうのではと怖かった。けれど、本番では何とか最後まで話せた。

講演後、「こんな感じでよかったでしょうか？」と聞くと、

「自分が同じ立場になったら出来るのだろうか？　と思いました」

「奥さま幸せですね。私の主人も私に何かあればできるのかな？　と考えさせられました」

「他人事ではありませんね」と色々と感想をいただいた。

「お役に立てている」と思った。後は、発信する場としてＮＰＯ法人の設立である。

グリーフケアと出合う

宮城県での講演を終えた翌週、小学校の参観日で、あるお母さんと再会する。このお母さんも同じ当事者であった。

「仕事辞めました。自分の経験を発信したいと思っています」

「ツトムさん強いね。私は何度かグリーフケア行きましたよ」

「グリーフケア？　何それ」と思った。自宅にネットで検索すると、一般社団法人 日本グリーフケア協会にヒット。グリーフケアとは、大切な家族や

友人を亡くした人に寄り添い、大切な人がいなくなった日常に適応できるように支援する取り組みのこと。グリーフケア・アドバイザー2級、1級、特級と受講し認定される資格もあった。

「これって自分の経験が役立つのでは？」と思った。お彼岸の前後に講習がある。すぐに日本グリーフケア協会にメールをした。すると理事長から電話をいただいた。話をすると、「会長さんが言われた言葉は死別経験者にとってはNGワードです」

と言われた。そして、

「やはり心のケアは必要ですよ。まして泣いておられないですね。さぞかし辛かったとお察しします」と言ってくださった。

9月にグリーフケア・2級アドバイザー認定講座を受講することにして、受講までにグリーフケア関係の書籍を一読する。

「頑張って」

「元気そうだね」

「時間が解決してくれる」等々。

無意識に死別者に対して使いがちな言葉は、死別当事者にとってはNG

ワードであることを知った。また、泣く、書く、聞いてもらうなど、気持ちの表出が大事ということも。

【グリーフケアに必要な3つの要素】（映画『うまれる』シリーズHPより）

①Support（精神的支え）：家族・友人などからの絶対的な精神的支えを受けること

②Express（表出）：話す、泣くなどにして身体の中にある悲しみ・苦しみを何らかの形で表に出すこと

③Will（意志）：自分自身が何とかしたいという意志をもつこと

【かけてはいけない言葉】（前掲HPより）

①「元気出してね」「がんばってね」「しっかりしてね」（励ましの言葉）

②「意外と大丈夫そうだね」「元気になったみたいだね」

「もう◎年（◎カ月）経ったじゃない」
「切り替えが早いね」（悲しみの過小評価）
③「そんなに泣かないで」
「そんなに悲しまないで」（悲しみの拒絶）
④「もう忘れたほうがいいよ」
「時間が忘れさせてくれるよ」（当事者本意でない未来志向）
⑤「神さまは乗り越えられない試練を与えないって言うよ」
「何か意味があると思う」（当事者本意でないポジティブ思考）
⑥「悲しいのはあなただけじゃない」
「もっとつらい人がいる」
「うちも最近ペットを亡くした」（当事者本意でない比較論）
⑦「なんで死んだの？」
「どうして？」（答えの出ない質問）
⑧「分かるよ」、
「あなたの悲しみはとてもよく理解できる」（安易な同情）

会長の、「いつまで引きずっている」の言葉はまさしくNGワードだった。あぁ～とため息しか出ないが頷いてしまう。グリーフケアを学んで、気持ちが戻るまでに4年半～5年かかると教わった。心には溝が出来て、なかなか戻らない。その時に思った。子どもたちのケアは出来ているのかと。子どもたちは、告別式から泣いていない。泣いているところは見たことがないのだ。


5年経過した時に、蔵馬がテレビのシチューのCMを見て、

「お父さん、このシチュー、お母さんによく作ってもらった」

と初めて母親のことを面と向かって口にした。雄祐は、ドラマに出ている天海祐希さんを指差して「お母さんに似ている」と言った。孝太に母親の記憶はなく、写真の中での母親しか知らない。後に、2015年から始まったテレビドラマ「天皇の料理番」を見ていたときも、

「黒木華さん、お母さん似てるよね」

「似てる!!」

「違うって天海祐希やって!!」

というやりとりが兄弟間であった。母親の話ができるようになってきたと

いうことは、蔵馬と雄祐は少しグリーフケアできていたのかなぁ？　と思う。

もう一つ、忘れられないエピソードがある。孝太が4歳の時、雄祐と私と3人でコンビニへ買い物に行ったときのことだ。コンビニの前で信号待ちをしていたときに、自転車に乗せていた孝太が、ふとつぶやいた。

「お母さん欲しいなぁ」

すかさず、横にいた雄祐がこう言った。

「お母さんはコンビニには売っていません！」思わず笑ってしまった。ナイスフォローだと思った。兄2人が孝太をサポートしてくれているのかもしれない。兄弟3人でよかったと、グリーフケアを学ぶ中で思った。

NPO法人設立に向かって

NPO法人設立に向けて動き出すがなかなか進まない。事業内容が決まらない。紹介をいただき行政にも挨拶に行くが、「父子家庭支援のNPO法人ですか？　父子は集まりませんよ」と言われて落ち込む。

先行きが見えないNPO法人設立に苦悩しているときに、ある不思議なことが起こった。

一般社団法人日本グリーフケア協会のアドバイザー認定講座の受講までに、グリーフケアについての勉強を重ねていた。その中で見つけたのが、上智大学大阪サテライト校グリーフケア研究所。グリーフケア人材養成講座の受講生を募集されている。「話を聞いてもらえないかなぁ？」と思っていた。そんな時に、京都洛西ロータリークラブで5月に講話させていただいた。グリーフケアの話をするとメンバーの方が、「私の知り合いもグリーフケアを勉強しているのでご紹介します」と言ってくれた。翌日お礼のメールをすると、すぐに返信メールが届いた。

ご紹介いただいた方は、なんと上智大学大阪サテライト校グリーフケア研究所研究員の方。驚いた。すぐに連絡し、翌週、大河内さんという方にお会いするために大阪に向かった。

「奥さんを亡くされた方は、なかなか表には出てこられません。プライドとか、恥ずかしいとか、色んな気持ちがあって出てこられないようです。だから、キモトさんはとても貴重ですよ。企業向けにグリーフケアの重要性を発信するという夢を諦めないでください！　絶対必要な存在です」

そんな言葉をくださった。今までのことを話すと、

「泣くことから始めないとね。日本の風習でしょうか。告別式で男が泣くのはみっともない、格好わるいと思われてしまうのは」

「やっぱり泣く場所必要ですよね?」

「サロンをしたいんです! 同じ経験を聞くことでケアができる。そして、死別者の方がもし何かに没頭したいときはボランティアで地域の子どもたちと一緒に何かをしたり、勉強を教えたり。ボランティアすることによって少しは気が紛れ、前に進む目標ができると思うんです。そしてみんなで泣きたいんですよ! そんな地域の拠点作りをしたいと思っています」

気がつくと、思わず熱く語ってしまっていた。

「それ、いいですね!」

大河内さん、実は私は前世が坊主です。だから女房が亡くなってからは全てが行だと思っています。不安な気持ちもありますが、信念を持っていますので。

「たしかにお坊さんのようですね」

お坊さんである大河内さんに言われた。

心の拠り所を見つけた

この頃、もうひとつの拠り所を見つけることになる。ハワイ日本語グリーフケア協会ハグハワイである。東京で活動していることを知って、すぐに入会。ＨＵＧ東京に参加した。

実は、5年経過しても探していたものがあった。それは、フミコの亡くなった意味だった。

青年会議所で学んだこと。すなわち「何事にも意味があり、何事も必然だ」という教えを、なるほどなぁと思い込みながら生きてきた。特に、ネガティブなことをポジティブに考えるように、「失敗は意味があること、次へのステップでそのために必然に起こった」という考えがしみついていた。

だからこそ、フミコが亡くなった意味をずっと探してしまっていたのだ。けれど、探し始めると、「あのとき、ああしていれば」と思ったり「誰かが悪い、何かが悪い」と犯人探しになってしまって、とても苦しかった。

ＨＵＧ東京で、ユリコさんという方に出会った。私よりも2年前に旦那さまを亡くされていた。ユリコさんに、

「亡くなった意味がわからないのです」と伝えると、

「ツトムさん、亡くなった意味はないよ。探さなくてもいい。それよりも、奥さまの死を無駄にしたくないと思っているのでしょう。その気持ちの方が大切ですよ。経験をブログで発信したい、NPO法人を設立して死別父子に寄り添いたいという気持ちを大事にしてください」と返ってきた。

いただいた言葉が、5年間背負っていたものを下ろしてくれるように感じた。参加されている方々は、パートナー、親、子を亡くしている人ばかりもちろん、夫婦は、唯一無二の関係だ。2人にしかわからないことはたくさんある。夫婦の死別も、同じように唯一無二の哀しみだ。けれど、当事者同士で話をすることで、とても気持ちが楽になった。

こんなにも理解していただき、共感できるものなのかと改めて思った。2年前にここに出会っていても、まだ受け止められなかったかもしれない。やはり、時間は必要だったように思う。

雄祐の修学旅行に一波乱

タグラグビーの体験が小学校で開催された。孝太は喜んで走り回る。職員室の前で見学すると、そこに雄祐の担任の先生が。蔵馬の6年生の時の担任でもある。事情を知っていただいているので、先生には何でも相談をする。

「雄祐が修学旅行楽しかったと言っていました」と言うと、「えぇ、そうですか？　かなり怒りました。きび団子事件のこと言っていませんでしたか？」と返ってきた。

話を聞くと、お土産で買ったきび団子をバスの中で食べたらしい。それを友達にも回していたことが、隣のクラスの担任の座席後ろで食べていて発覚したそうだ。先生２人からお説教され、隣のクラスの先生は泣きながら「情けない！」と言われたようだ。担任の先生に言われた

「蔵馬くんとは１８０度性格が違いますね。面白いですよ」

帰宅後、雄祐に「また報告忘れているよな？」

「はぁ？　何でも報告しているよ」

「……きび団子事件って？」

雄祐は、鼻が動いてにやけている。

「えぇ、誰に聞いたの？」

「先生!!」

ばれたかー、という表情の雄祐。

「誰のお土産を食べたの？　数が足らないでしょう」

「違うって！　友達とバス用に買ったから」

「オマエなぁ、食べるのはいいけれどばれたらアカンわぁ。みんなに配るな！」

「何で先生に怒られないといけないの？　オレのお金で買って食べて何が悪いん」

言わんとしていることはわかる。

「でもルールは守らないと」

「だって、お腹減るやん！」

絶対に曲げないのが面白い。ママ友もその話を知っていて後日、

「子どもたちはお腹が減っていたようですよ。雄ちゃん、自分だけ食べるのはよくないと思って配ったんじゃないですか？　雄ちゃんらしいですよ」

と言われた。なんと言っていいのやら。

フミコからのプレゼント

区役所にひとり親家庭の申請に行く。専業主夫のため収入は０円。しか

し、行政から支援は出ない。

「2年前の源泉徴収を提出してください」

と言われる。２年前の収入って……。収入の上限は超えている。けれど、今現在収入０円なのに何も出ないって。「今、困ってるんですが！」って感じだ。書類に記入すると、「子どもに遺族年金の受給ある、なし」の欄がある。担当の方に尋ねた。

「これは何ですか？」

「厚生年金に加入されていましたよね。遺族厚生年金です。お子さんが18歳になるまで受給されます」

「そんなの初めて聞きました。出るんですか？」

「条件があるので、それをクリアされれば出ます」

聞くと、３００回の納付が必要となる。すぐに調べてもらった。

「あの、調べますと、２９９回なんです」

「えぇ？　２９９回ですか」と言って帰った。

もともと出ないと思いながら区役所に出向いたので、仕方ないなぁ、それにしても惜しいなあと帰宅した。翌日、区役所の方から電話が。

「昨日の件をもう一度調べました。奥さま、2月3日の早生まれですね？短大卒業後に就職されておられます。就職されたのが3月末で前月の月が未納になっております。しかし、2月はまだ学生さんだったので、在学証明書を取っていただければ300回納付と認定されます」

さっそく、在学していた短大に連絡し在学証明書を取り寄せ提出した。そして、5年遡って3人に遺族年金が受給された。3人合わせると大きな額となった。

300回納付に1回足りないで落胆、そこから何とかなった。

「あれ？　これってまさしくフミコがなんとかしてくれた？」

いつでも、最後まで諦めないし、ねじ込んでしまう女性だった。すぐにフミコの親友に連絡し状況を報告すると、

「まさしくフミちゃんやん！　いつも最後まで諦めないし、なんとかするのがフミちゃんやもん」

と電話の向こうで泣き笑いだった。

「ツトムくん、フミちゃん傍にいるね」

「いるでしょう！　後押ししてくれている。まさしくフミコ！」

まさかの出来事にビックリした。

流れが変わった

ＮＰＯ法人設立に向けても流れが変わっていく。友人長尾くんが、「キモトくんが苦労した料理、裁縫の教室の開催をするのはどうかな。それと、父子家庭の現状を発信する勉強会を。後に続く方に必ず役に立つと思うよ」

その提案に即決。

お世話になっている方に連絡して、２週間で14人の協力を得ることが出来た。「オマエのためなら手伝うよ」と言ってくれる方ばかりで、本当にありがたい。長い道のりだったが沢山の方々のおかげで、立ち上げることができた。

法人名は『京都いえのこと勉強会』。互いに勉強するということで「勉強会」と付けた。責任重大であり、ここからの道のりが楽ではないとは感じている。行政の方からは「父子家庭を集めるのは至難の業ですよ」と言われているからだ。でも、やってみないとわからない。

NPO法人設立に向けて

２０１４年8月5日に、京都市役所にＮＰＯ法人の申請を受理される。ＮＰＯ法人を作るきっかけをいただいた、一良先輩にメールをする。フミコ共々お世話になった方だ。すると、体調を崩して入院していた。

直接お会いして報告、お礼を伝えたかったが、お会いすることは出来ない状態だった。その8日後に、一良先輩は天国に召された。一良先輩のためにも、ＮＰＯ法人の運営は失敗できない。

子どもたちを起こし、朝食を食べさせ、朝7時26分発の「のぞみ」で東京へ。この日は、(一社)日本グリーフケア協会グリーフケアアドバイザー2級認定講座がある。参加者は、全国から約１８０名。葬儀社、看護師、介護ヘルパーに僧侶など、さまざまな方がいた。事前に本を読んでいたので、ある程度は理解出来る。でも、「もう少し深く勉強しないと」とも思う。

会場で、「ツトムさん、私も主人を亡くした後に、ＮＧワードの一言を言われて40年来の友人を失くしました。言葉は大事ですね」と言われた。

また、驚いたのはご主人を亡くされた女性が「アルコールに走りました」と数人の方にカミングアウトされたことだ。

「あなたは大丈夫でしたか？」と聞かれたが、子育てと家事にいっぱい、いっぱいでそれどころではなかった。その方は昼間にひとりになる時間があり、ついついアルコールを口にしてしまったらしい。グリーフ（悲しみ）は人それぞれだと改めて感じさせられた。

２０１５年３月に、グリーフケア・アドバイザー1級認定講座も受講した。

少しだけ社会復帰

1年間、完全に専業主夫をした。「本当に子どもたちの傍にいてよかったのだろうか」と自問自答することはある。そんな時にママ友から「孝太くん笑顔一杯ですね。以前とは違いますよ。傍にいてあげて正解だったと思いますよ」と言っていただいてほっとした。周りの人に言われて、納得できるのだ。その反面、かなりきついグリーフ（悲しみ）に襲われた。想像しなかった。気力がなくなり、集中力がなくなる。これではまずいと思っていた。

そんな時に、友人からお手伝いを頼まれ、京都の老舗の飴屋・今西製菓さんに朝9時から午後5時までお世話になることに。専務が青年会議所の友人で、専務のお母さんとも顔なじみであった。

こうして、ようやく社会復帰をすることになった。

行政もびっくり、そしてメディアに

行政に、NPO法人申請を受理されたことを報告に行く。後日電話があり、

「先日の読売新聞に父子家庭への教育費融資の記事が掲載されておりました。それを見た京都新聞社の方から、京都で父子家庭支援されている団体はありますかと問い合わせがありました。キモトさんをご紹介しておきましたので、後日連絡があると思います」

さっそく、翌日に記者から連絡があり取材を受けることになった。インタビューと、子どもたちとの撮影。後日「市民版に掲載されますので」と連絡があった。掲載当日の朝に市民版を見ると掲載されていない。

「今日じゃないんだ」と思った。すると、孝次先輩からメール。

「社会面に大きく掲載されているね」

「えぇ？」

すぐに確認すると、社会面の4分の1の大きさで掲載されている。こんなに取り上げていただけるとは驚いた。沢山電話もかかって来た。その夜帰宅すると雄祐が言った。

「学校に行くと、黒板に京都新聞が貼ってあった」

京都新聞に掲載されてから、週刊誌、読売新聞、そして共同通信社からも取材が。共同通信社から配信していただいた記事は全国25紙に掲載された。

設立後にわかったのだが、死別父子が設立するＮＰＯ法人は全国で2例目だということだ。そんなこともあり、メディアに取り上げていただくようになった。

ＮＰＯ法人設立登記

２０１４年11月25日に法人登記。まずは父子家庭の現状を発信することが大事だと思った。ホームページを作成し、Ｆａｃｅｂｏｏｋでも発信。第１回父子家庭勉強会は「父子家庭の現状を発信します」というテーマで開催。死別父子であることをカミングアウトすると
「実は私、死別父子で育ちました」

「私は離別父子で育ちました」

と数名からカミングアウトされる。そんな方々の協力をいただき、死別父子で子育て中の私、死別父子で育った女性、離別父子で育った女性の３人でパネルディスカッションを開催した。２人の女性の経験談で会場は盛り上がり、今まで知られていなかった父子家庭の現状が少し発信出来た。

その後、年1回、料理教室、裁縫教室を開催した。料理も裁縫も習えば即実践。しかし裁縫はやはり苦手（笑）。

いえのことは全て勉強

1年1年が勉強であり経験だった。ご飯を炊き、味噌汁、焼きそば、焼き飯から始まった。そして邪魔くさい揚げ物。圧力鍋を活用した料理などレパートリーが増えていく。

周囲からは「オレ料理好きだから」とも言われたが、３６５日3食料理を作るのは大変ですよ。

「好きこそものの上手なれ」と言われるが、必然に迫られると好きも嫌いもない。現実、作らないと、食べられないだった。裁縫は何も出来ない。出来たのはアイロンかけだけ。フミコからアイロンかけは教わっていた。

料理、裁縫を含めた家事は、絶対に出来ないよりも出来る方がいいと思う。

フミコが亡くなった時に、どこに相談に行き、また誰に話を聞いてもらっていいのかわからなかった。ありがたいことにフミコが遺したママ友や親友、地域の方々に救われる。しかし行政に行くも対応してもらえない。決まったマニュアルでの対応をされる。また、母子家庭に比べて父子家庭へのサポートが少ないようにも感じていた。

けれど、ＮＰＯ法人を設立してわかった。父子家庭の現状が発信されていなかったのだ。何かが邪魔している？　プライド？　仕事ばかりでそれどころではない？　理由はわからないけど、後人に繋げることを遺さないと、また同じことで苦労する人が出てきてしまう。私の経験が生かされればいいと思う。

母子手帳？何故父子手帳じゃない

フミコが亡くなった当時はよく救急病院にも行ったし、小児科にも行った。そのたびに「母子手帳お持ちですか？」と受付で聞かれるが「オレ、母子じゃない。父子だけど。なぜ母子手帳なの？」と疑問に思った。

母子手帳の重要性も理解出来る。もちろん母子手帳を活用し、母子手帳をカバーする表紙に父子手帳とネーミングしたい。それに加えて、育児や万が一の時の対応も掲載されている手帳を作りたいと思った。

ＮＰＯ法人だから出来ることがある。行政とコラボしてもいいし、行政に移管してもいい。父子家庭が世の中に認められ、お父さんと子どもたちが生き辛くならないようにしたいと思う。それが私たちの役目だ。

「父子家庭は集まらないですよ」と言われたけれど、料理教室や裁縫教室を開催することで父子家庭の人と繋がることが出来た。しかし、「週末は家事のゴールデンタイムなのでよほど興味がないと集まりませんよ」と言う声も。行政に足を運び「京都市の父子家庭の情報はいただけませんか？」と聞くと、「個人情報等もありますので」との回答。どうすれば情報が集まるのか？　ＳＮＳだけの発信では無理だ。やはり母子家庭とのネットワークも必要だと考える。母親から父子の情報を得ることは出来ないのだろうか？

懇談会がヒントに

孝太の参観日＆懇談会に参加すると、懇談会に参加されるお母さんは、クラスの状況を聞きに、そして現状を話にきている方が多い。しかし、限られた時間のなか担任からの報告がメインで、保護者から子どもたちの近況を話したり相談する時間が少なすぎる。話す場が必要だと思った。

個人的に声を上げて保護者が集まると、やれ「派閥だ」とか言われるので、NPO法人で「子育ての悩み話しませんか？」をテーマにｋｏｎｄａｎｋａｉ（懇談会）を開催した。開催場所は地元の児童館。案内は児童館から発信してもらうと、中学校区の3校の小学校に案内が届く。対象は孝太と同じ学年の保護者。開催すると、

「実は幼稚園、保育園の時は送迎時に親同士の交流がありました。しかし小学校に入学すると、たくさんの親御さんが仕事に行かれてることもあって、交流や相談の場がなくなるんです」

と言われた。ｋｏｎｄａｎｋａｉ（懇談会）では色々な話が出る。例えば息子を育てているお母さんは、

「反抗期に入りました、どんな対応されていますか？」

と投げかけられる。私は息子たちと同性であり自分が経験したことを伝えたり、少しではあるが気持ちが理解出来る。しかしお母さんにとって息子は異性。挨拶や躾に関しては伝えるが、高学年になると母親を敬遠する息子も現れてくる。ここが厄介だ。

「今は、ほっておいて欲しい」と思う子どもの気持ち。「しかしここは伝えないと」と思う親の気持ちとは衝突が生まれる。「うざい」「うるさい」と子どもは口にする。母親は感情的になる。どう収めるべきか、答えはないので、参加者それぞれに意見が出る。なるほどと思う意見もあれば、違うでしょう！と思う意見もある。

私も意見を求められるが、人生としては先輩でも主夫としては参加者と同じ年数。逆に勉強になることばかりだ。また、父子家庭の情報も得ることが出来る。個人情報をもらうのではなく、「親戚にいる」とか、「近所にいる」とか、「職場におられますよ」が聞きたい。「その方は、仕事や家庭をどうされていますか?」が大事な情報。やはり情報は出てくる。ママ友の情報が一番であると改めて感じる。

3兄弟が野球に

なんと孝太までが野球をすることになった。雄祐は松ケ崎シャークスにお世話になっているが、如何せん身体一つだから手伝うにも手伝えない。

「誰が洗濯するの？」

「誰が料理するの？」

「怪我すれば誰が手当てをしてくれる？」

という状況で雄祐はお世話になってきた。何もお手伝い出来ないことに引け目を感じる。雄祐が卒業すると少年野球とは一区切りだと思っていた。孝太は、野球よりもバスケかラグビーだと思っていたから。しかし、雄祐のチームの懇親会にて孝太は、

「お父さん、オレも野球やりたい」

「えぇ？　だめだよ。手伝えないから」

次の瞬間、後ろにいたコーチに、

「来週から練習に行っていいですか？」

と聞いている。

「いいよ！」

「ヨッシャー」

「大丈夫ですよ。みんなで面倒見ますから」

そう言っていただいた。


蔵馬は野球が好きでたまらない。練習すれば結果がでることも野球を通じて学んだ。弟が野球することに関しては嬉しくてたまらないようだ。「孝太も野球するの?」と言って孝太を膝の上に乗せる。

「孝ちゃん、野球は面白いよ。でも練習しないとね!」

まさか3兄弟が野球をするとは思わなかった。フミコもびっくりだと思う。野球は我が家にとって切り離せない。フミコともMLBの観戦に行ったから。その野球に、孝太はチャレンジする。

高校野球

蔵馬の高校野球も最終年度を迎える。少年野球、中学野球とそれなりに活躍してきたが、高校ではレギュラーにはなれない。少年野球の時に基本を教わっていないことに気づいた。雄祐が所属していたチームとは指導方法が違うのだ。「少年野球では基本を教えることが大事」と常々口にされる。それと「勝つことで野球を好きになることも大事ですよ」と。

蔵馬と雄祐の2人を比較すると、根っからの野球好きは蔵馬でセンスは雄祐。努力をするのは蔵馬でしなくてもできるのは雄祐。共通することは文句を言わないこと。

「やるときはやる」。高校では、スポーツ推薦で入学する生徒や中学時代に硬式野球をしている生徒もいる。蔵馬も覚悟しての入部だったが、初めての競争だと思う。恵まれたのは保護者会の方々の存在だった。事情も知ってもらっているので、蔵馬も私も救われた。

蔵馬の秋季大会の観戦に。高校になって初めての観戦。孝太が寝坊したため途中で到着すると4回9対0で負けている。蔵馬は控え。6回に6点を返したが力及ばず敗退。正捕手の子はバッティングがいいので、平均点の蔵馬ではスタメン奪取は無理だ。

積み重ねの性格はいいのだが、あと一歩踏み出せない性格と優しすぎるところが足を引っ張る。今以上に闘争心と努力が必要だと思う。どこまで伸びるか。本人の努力次第だと思う。

少年野球、中学野球と観戦には行ったが高校野球にはなかなか観戦に行けなかった。孝太にとっては、お兄ちゃんのユニホーム姿がかっこよく映ったようだ。「もしフミコがいたら一緒に行っていただろうなぁ」というそんな思いで蔵馬を見つめていた。秋季大会も終わり春季大会まで練習試合とトレーニング。

蔵馬に「ポジションを変えてレギュラーとれよ」と言うと、「オレ、レギュラーじゃなくてもいいよ。このチームが好きだから」と。「えぇ？」と思うより頷いてしまった。

蔵馬らしいコメントに今まで以上の成長を感じる。親の思いと子どもの思いは違う。しかし蔵馬の思いには涙が出る。

雄祐のチャレンジ

雄祐がスイミングに再チャレンジを始めた。以前習い始めて数か月後に母親を亡くした。しばらく休んで復帰するがモチベーションは低かった。

「何故、オレは水泳に行かないといけないの？」と思っていたようで、楽しそうな顔を見せない。昇級しても別段嬉しくなさそう。3年生になったときに聞いた。「水泳辞める」「辞めていいの？」「いいよ」

しかし4年生の夏、学校であった水泳の授業で25メートルが精一杯なことが悔しかったようだ。

「お父さん、スイミングに行っていい？　100メートル泳げるようになれば辞めるから」

と自ら口にした。そこから週1回スイミングに。なんと9か月で100メートルを泳げるようになった。

「お父さん、水泳の検定試験5級合格した。クロールで100メートル泳げたよ。うれしい！」。去年はイヌバタ（犬かきとバタ足）で25メートルが精一杯だったのに。すごいよ、雄祐。

自らスイミングに行きたいと言った時点で泳げるようになると思った。その通りだった。蔵馬とは全く違う。

やらされていると感じた瞬間に疑問に感じ、納得できなければモチベーションは上がらない。けれど、逆も然り。野球は好きなのか嫌いなのかよくわからないが、ルーティンのように行く。それが雄祐だった。Aチーム（6

年生）の試合にも、たまたま交代で出場しサードでファインプレーをしてから取り組む姿勢が変わった。きっかけが大事な雄祐。

雄祐が卒業

ケンカしながらも孝太の面倒をみる。きつく当たるが最後は上手にフォローする。なんとも言えない2人の関係に笑ってしまう。

そんな雄祐がついに小学校を卒業する。蔵馬が卒業時にも担当した卒業対策委員会に立候補し委員長に。6年間学校にお世話になったので返す場所も学校だと思っていた。6年間一緒だったママ友に助けられながら卒業に向かって進めていく。そして、謝辞も担当させていただく。

6年前の入学式は私と会社の会長の娘と3人で出席をした。周りには両親と手を繋いでの風景があちらこちらで見られて、正直胸が痛かった。あれから6年。ありがたいことにフミコが遺してくれたママ友と繋がり、コミュニティの中に入れていただき何不自由することなく過ごせた。また、他の保護者にもカミングアウトして、みなさんに理解していただいた。

「何かあればいつでも言ってくださいね」とたくさん声を掛けられた。本当にありがたい。

フミコはいつも、「雄ちゃんとリズムが合わないからもう嫌！」と言っていた。優等生の蔵馬とは違う。違ってあたりまえ。天真爛漫だった雄祐から笑顔が消え、戻るまでに4年かかった。そんな雄祐が卒業する。

雄祐の卒業式＆祝う会無事終了。本来謝辞の最後は、卒業生保護者代表○○○○で終わる。清書した謝辞はもちろん卒業生保護者代表○○○○。が、どうしても雄祐にメッセージをしたく言い換えた。

「卒業生保護者代表、6年1組、木本雄祐　父」とした。

何度練習しても、最後の6年1組が言えない。想いが溢れて言葉に出来ない。「やばい」家を出る前に練習してもダメだ。いざ本番。滑り出しも上々で「あぁ、大丈夫」と思った。が中盤に雄祐の担任の顔を見ると泣いてる。最前列の子どもたちも泣いてる。その姿が視界に入る。だんだん詰まってきたが、なんとか言えそうだ。そして、「平成29年3月20日　卒業生保護者代表…」あぁ出ない…二呼吸おいて6年1組　木本雄祐　父」。が、どうも日付を1日間違えて言ったようだ。そして、担当の先生が「用意したマイクのスイッチを入れるのを忘れていました……」

肉声でも十分後列まで声は届いていたようだった。

雄祐卒業おめでとう、そして中学生に

5年前の蔵馬の卒業式は涙が出なかったが、雄祐は自分が育ててきたという自負がある。雄祐ができないのは親の責任、どこかで覚悟をもって育ててきた。本当に小さかった雄祐。幼稚園から小学校に上がるときに本来なら母親が色々とヘルプをするのだろう。しかし母親はいないし、父親も仕事。他の家庭とは違いすぎる。気持ちの表出は出来なかったと思う。

5つ上の蔵馬が6年生にいたおかげで、蔵馬の友達に面倒をみてもらうこともしばしばあった。卒業式の姿をフミコに見せたかった。「フミ、雄祐は卒業しました」

4月から中学生になった雄祐が、

「おとうさん、部活は自分で決めていい？」と。

「野球じゃないの」

「自分で決めていいてって言ったから自分で決める」

野球が嫌いなわけではない。ただ興味があるものを一度自分で経験したいのだろう。自分で決めるならそれでいいと思う。蔵馬と同じではない雄祐。比較することも、望むことも違うと雄祐から学んだ。

「お父さん、決めた。バスケットするから」

雄祐らしい選択であった。さぁ始まる、雄祐の中学生活が。どんな3年間を過ごすのだろう。また、蔵馬の最後の夏も始まった。いよいよ最後の大会に挑む蔵馬。13日が全国高等学校野球選手権京都大会の1回戦だあ。1回戦を突破すれば、2回戦は観戦に行ける。

小学、中学とも4番。それが、一転控え。先日、練習試合を観戦に行くとリリーフキャッチャーの役目のようだ。

「最後にオレがマスクをかぶって締めるから」。何かたくましくなった蔵馬。京都では弱小のチーム。でも中学と同じ匂いがする。ミラクルでベスト16に行きそうな感じがする。試合前は必ず仏壇に手を合わせ、さぁ、行くわぁと家を出る。悔いのない夏の大会になるよう祈る。頑張れ蔵馬！

ＳＮＳで繋がった塾の杉原先生に、蔵馬の近況を報告する。

「なんと、ベスト16に進出しました。次戦は同志社高校と対戦です。もし母親がいて、受験し合格していれば、同志社高校でプレーしていたと思います。何か因縁を感じます」

「こんばんは。ホントですね。同志社高校に進んで、受験のない状態で思う存分野球をして欲しい、とお母様は私におっしゃっていました。高3の夏に対戦する事にものすごく大切な何かを感じます」

「勝てば洛北旋風です。女房そんなこと言ってましたか？　また報告します」

「そうなんですよ。最初に入会のご相談をさせていただいた時にこのお話を伺いました。何の為に受験をするのか、という中でのお母様の想いでした。だからこそ、蔵馬くんが塾を辞める、となった時に私は『どうしても野球に戻って、そして続けて欲しい』と思ったんです。この事をキチンとお伝えできるチャンスも、お母様がくださってると思います。また朗報をお待ちしております！」

　まさかのフミコからのメッセージが6年の時を超えてもらえるのかと驚き涙した。やっぱり横にいるよ（笑）。

　4回戦第1試合VS同志社高校。少し遅れて行くと0対2でリードされていた。相手のエースは噂通りのいいピッチャー。善戦むなしく0対10のコールド負け。蔵馬の出場はなかった。ゲーム終了後にみんな号泣。

しかし、まさかのベスト16だった。よくやった。

帰宅した蔵馬に孝太が、

「ク〜ちゃん勝った？」

「負けたよ。0対10で……。」

「弱わぁ!!」

蔵馬は苦笑いだった。熱い夏が終わった。明日から勉強だ。


中学、高校と毎日ユニホームを手洗いしていた。その作業が終わる。ほっとするが何か寂しい気持ち。黒土のグランドで試合の時は汚れを落とすのが大変だった。そんな洗濯も終わりかぁ。親としてはレギュラーになって欲しかった。けれど、レギュラーだけが大事ではないと蔵馬から教わった。3年間で心の成長を感じさせてくれた蔵馬に一本取られた感じだった。

形見を発見

フミコの形見はない。終活もしていないのでフミコが大事にしているものが何処にあるのかわかっていなかった。引っ越しをして、荷物を開閉してない段ボールもある。ある日、いつも使っているタンスの引き出しにペンダントを見つけた。

「これ男物？　フミコは付けてなかったよなぁ？」と思いながらつけてみる。フミコの結婚指輪も発見した。ペンダントに結婚指輪も一緒につける。お守り替わりだ。そして、いつもフミコと一緒にいるような気がした。

このペンダントをつけてから、いろんな流れがに変わっていく。

まさか

２０１５年2月に、読売テレビのアナウンサーである清水健さんが奥様を亡くされたと友人から聞いた。「繋がればいいのになぁ」と言われたが、死別した直後にメッセージなど送れないと思っていた。夏に、友人がＦａｃｅｂｏｏｋに清水健さんの投稿をシェアした。そこで初めてメッセージを送った。激励のメールではなく、「私も当事者で毎日ブログをＵＰし、仕事より子育てをとりました。よければブログを読んでください」とお送りした。

2日後にメッセージが届く。そしてディレクターから取材の依頼。「かんさい情報ネットｔｅｎ」に出演することになった。同じ当事者同士であるが、まだ亡くなられて数か月。

自分とダブるところもあり「少し休んでくださいね」とお伝えした。「止まると全てが壊れそうで」と言われた。自分も同じことを言っていた。

自宅でのインタビューと、鴨川での蔵馬とのインタビュー。実は蔵馬とのインタビューはしてほしくなかった。なぜなら、蔵馬は本音は言わないと思うから。２人でお酒を呑めるようになってから、蔵馬の気持ちを聞きたかった。しかし、清水さんの未来予想図だと思いＯＫした。インタビューは、清水さんと蔵馬の２人で行われた。

敢えて内容は聞かなかった。オンエアで、母親の話をしている蔵馬を観て、少しはグリーフケアが出来ていると感じた。母親との思い出は「たまごやき」。友人のお弁当に入っている玉子焼きをもらったら、母親の味付けと同じだったようで、

「おとうさん、マサヒロのたまごやき、おかあさんの味付けと同じ」

と言う。次の日にマサヒロ母に電話し味付けを教えてもらった。実際に作り「どう？一緒？」と聞くと「この味。でも少し違うかなぁ（笑）」と。想い出は味覚なのかと改めて教えてもらった。

また、月を同じくしてＮＨＫ京都放送局のディレクターから連絡がありインタビューを受けることになる。

「ＮＰＯ法人の事業は近々ありますか？」

「７月に講演しますが同席されますか？」

と誘うと「同席します」と返事が。


２０１６年３月、京都で「第30回日本助産学会学術集会」のパネリストとしてのオファーが届いた。正直驚いた。担当者からはメールでのやり取りで「京都で開催するので、ぜひ、ぜひ京都で活動されている方」と。

提出する書類に不明な点があったので、事務局に連絡する。連絡すると電話の応対は大会委員長だった。挨拶を兼ねてお伺いをする。大会委員長は京都大学の教授。いろんな話を先生とすると。

「あの、お話が面白いのでシンポジウムの15分ではもったいないです。市民公開講座で1時間お話をしますか？」

「えぇ、いいんですか？」

「タイトルは何がいいでしょうかね？」

「最近、子どもたちを愛おしいと思えるようになってきています。仕事しているときは感じなかったのですが。威厳のある漢字のお父さんから、母親目線になり平仮名のおとうさんになったような気がしています。『お父さんからおとうさんになりました』ではどうですか？」

「そのテーマいいですね。面白い！」

なんと市民公開講座でも登壇することになる。孝次先輩はじめみなさんに報告すると、

「それは凄い。学会だよ。名誉だよ」

と言われたが、名誉というより発信する場を与えていただいたことに感謝だった。不思議なことが起こる。完全にフミコが繋がりを天国で結んでいるように感じる。

上智大学大阪サテライトグリーフケア研究所の大河内さんから人材養成講座の登壇の依頼も1年前だった。（一社）日本グリーフケア協会1級アドバ

イザーと認定されても自らのグリーフケアを発信する場はない。それがグリーフケアを学ばれているところからの要請に驚く。ありえないことが起こる。

先輩からの誘い

２０１５年10月、前職同業の先輩から「そろそろ戻って来いよ」と声をかけていただきパートでお世話になる。今西製菓さんとの掛け持ちになる。ダスキン大河原さんのおかげで、ダスキン内部に推薦していただき、２０１５年11月にダスキン東北ブロック経営者勉強会で講演させていただくことに。以前からお知り合いの方もおられる。周りは「社長辞めてまで」という感じだった。経営理念にある「損と得とあらば損の道を行くこと」に則り、「損の道行ききました」で講演。オーナーさん各位には衝撃だったようだ。

卒部式の手紙に涙

11月、蔵馬の野球部卒部式。夏の大会に2勝したので保護者も選手も明るい。

「やっぱり勝たないとだめです。初戦敗退ならこんなに喜べないです」と皆さん口にする。最後に選手から保護者に花一輪と手紙を渡す。普通は〝お父さん、お母さんへ〟で始まる。蔵馬は〝お父さんへ〟で始まるので、見ただけで涙が出ると思ったのでその場で読まなかった。

翌朝、手紙を開けた。すると〝お父さんへ〟ではなく〝お母さんへ〟で始まっていた。読むと涙が止まらない。蔵馬からの6年間の報告書だった。野球を始めて9年。蔵馬の雄姿を見たかったはずのフミコ。母親を亡くし、野球に復帰し野球に打ち込んだ。母親に対する思いと、父親に対する思いが書かれた手紙に感動した。

まさかのⅡ

ＮＨＫの取材が決まった。ディレクターから言われた。

「朝食を作られるシーンを撮りたいので」

「何時入りですか？」

「5時頃に」

「えぇ？」と思ったがこのディレクターがまた面白い。

「自宅で食事いただけますか？　息子さんたちと一緒に食べて宜しいですか？」と言われ、本当に自宅で食事をされた。

「実は、私の父親とキモトさんは同じ年代なんです。だから、社長を辞めて子育てを選択するってどんな決断でどんな想いなんだろうと思って」

「今、優先しないといけないことを優先しただけですよ。全てお金で解決できないと思っていますので」

「お金大丈夫ですか？」

「多少の収入と蓄えがあるので今は大丈夫です。必ず世の中のお役に立つときが来ると思います。その後にお金はついてきますよ」

「それはそうなんですが、社長を辞めて子育てをとり、形の無いものを形にしていく。それはとんでもないことですよ」

「いつか自分たちの生き方が本になり映画化になります。朝ドラで採用してくださいよ！」

「朝ドラはヒロインですから」

と2人で大笑い。子どもたちも顔見知りになり問題なく撮影された。子どもたちも2回目のテレビ出演だ。

12月にNHK京都「京いちにち」とNHK大阪「おはよう関西」で放映されることになった。ディレクターには「男の懇談会のような企画できませんか？」と話をしていた。男性同士が話す場がない。フミコが亡くなった時に話を聴いて欲しかった。それも同じ経験をされた男性に。今は同じシングルファーザーの声を聴いてみたい。子育てあるある、日常あるあるといった感じ。特にシングルファーザーの現状が世に出ていない。たまに企画されて番組になるようだが。

「イクメンではないのですよ。ガチメンですから」

「ガチメンってなんですか？」

「母親と同じガチの子育てですから」

に頷くディレクター。数日後に企画が通ったと連絡が。テレビで放映されると少しは反響があった。問い合わせがあったり、Facebookのリーチ数も増えていった。1年の締めくくりにいい機会をいただいた。

まさかのⅢ

2016年が始まり、NHK京都放送局のディレクターから連絡が「番組になります。尾木ママがMCの番組です。シングルのお父さんを集めます。2月に収録し3月の放映予定です」

「えぇ、まじですか？」

NPO法人のメンバーはビックリ。

「NHK？　それも東京。凄いなぁ。広まってきたね」と口をそろえて言う。

2月に東京へ収録に。水戸、静岡、川崎の人と私の4名。死別父子が3名と離別父子が1名での「シングルファーザー奮闘」がテーマ。

それぞれが辛い日々を過ごした。リアルな日常。自宅に取材に来られたのはわが家と川崎の方。学校に送り出すまでのお弁当作りに孝太の宿題の確認。そして蔵馬のコメントに涙した。

2時間の収録が終了後、カフェで雑談。みんなSNSで繋がった。当事者同士で理解できることもいっぱい。互いに癒された。少しでも父子家庭の現状を理解して欲しいと思う。

いざ助産学会に

２０１６年３月、いよいよ京都大学で第30回日本助産学会学術集会が始まった。参加人員４００名。シンポジウムと、その1時間後の市民公開講座にも登壇する。シンポジウムのテーマは「妊娠期から始まる特別な事情を抱える親に対する支援」。

パネリストは京都第一赤十字病院総合周産期母子医療センター婦長、里親支援機関里親サポート青い鳥チーフ。ＮＰＯ法人多文化共生センターきょうと医療通訳コーディネーター。ＮＰＯ法人京都いえのこと勉強会理事長。

順番は最後で1人の持ち時間が15分。いつも講演している1時間の内容をぎゅっとまとめるのは至難の業。「どう伝えるか？」

何度も練習した。すると、なんとパネリスト３人とも持ち時間15分をオーバーしている。それもまだ話し足らない様子だった。改めて、限られた時間の中で伝えることの難しさを感じる。いよいよ、自分の出番だ。人数が多い少ないは関係なく、伝えたい事を伝えることが大事。いつも通り登壇するまでは緊張するが、さぁ、フミ行くよ！　で登壇。

今までの経緯を時系列で伝える。家族の写真、フミコのガン宣告、亡くなってからの生活。会場の雰囲気は一変した。そして最後に「詳細はこの後市民公開講座にも登壇いたしますのでそこで」とコマーシャル。うまくいった。

そして1時間後の市民公開講座。いつもお世話になっている孝次先輩にママ友ショウヤ母、ダイキ母、フミコの親友チヅルさん、そしてNHK京都放送局のディレクター、また京都市倫理法人会の方をはじめ知り合いが一般参加された。

始まる前に担当していただく佐藤先生と打合せ。佐藤先生にはメールで「お願いがあります。最後に長男からもらった手紙を代読してもらえますか？」とお願いをした。もう一度「先生、代読大丈夫ですか？」と確認。

「キモトさん大丈夫ですよ」

さぁ、始まる。「お父さんからおとうさんになりました」のテーマで話をするのは初めてだ。少し緊張する。会場がだんだん埋まってゆく。タイトルに目を引かれたのかほぼ満席状態。いつも通り泣き笑いが溢れる場となった。今回は参加者が99パーセント女性のため、いつもの講演会よりも反応が大きい。そして、最後は蔵馬の手紙。

「卒部式で蔵馬から手紙をもらいました。本来なら『お父さん、お母さんへ』と書くはずですが、蔵馬は『お父さんへ』と書いてあると思っていました。でも手紙には、なんと『お母さんへ』と書いてありました」

少し笑いが起こり、福山雅治さんの「家族になろうよ」のＢＧＭが流れ、佐藤先生の代読が始まった。一瞬にして会場の空気が変わった。

お母さんへ

もうお母さんがいなくなって、８年が経ちます。お母さん元気ですか？お母さんに、こんなふうにするのも７年ぶりだと思います。

お父さんは会社を辞めてＮＰＯを設立して、雄祐は中学生になってバスケットボールを始め、孝太は小学校に入って野球をやっています。自分はもう大学受験です。

志望する大学は富山大学の建築デザイン学部に入るために勉強をしています。小さい時からお母さんとよく色々な物を作ったりして、工作が好きになり、お母さんよく小物を作って持って来た作品を見たりして興味がありました。お母さんのペン立て、今でも使っています。これがきっかけでこの道に進もうと思いました。

お母さんがいなくなってから、僕ら3人は共大きく成長したけれど、お父さんが一番強くなったと思います。7年前は4人になって、自分もお父さんも何をしたらいいか判らなくて、頼りないお父さんだったけれど、今では強くて頼りになる自慢のお父さんです。料理もびっくりするくらい上手くなって、特に「そぼろ煮」のあじつけは抜群です。一回食べて欲しいです。玉子焼きはお母さんの味が一番好きです。よくお父さんに文句ばかり言っていました。今では、お母さんの味と一緒で毎日食べています。

言いたいことが一杯あり書ききれないから終わりにします。また機会があったら書きます。これからも僕たち4人のことを見守ってください。

PS：お父さん、無理せんとしんどかったらちゃんと言って。僕ら3人がやるから。

2015.11.2　蔵馬より

「ご清聴ありがとうございました」溢れんばかりの拍手をいただいた。

「フミ終わったよ」と心の中で言った。招聘いただいた先生からは、

「どうしても京都の方に発信していただきたかった。みなさん非常に興味を

持ってご講演を聴かれていました。リアルな父子家庭の現状がわかりました」。

助産学会で講演させていただいたおかげで自信になり、発信する場があればお役に立つと確信した日であった。講演が終了後、孝次先輩、チズルさん、ＮＨＫのディレクターでカフェに。

「ちゃんと想いが伝わっていたね。今までのことを想い出して涙が止まらなかった。フミちゃんが横にいたかのように喋っている。本当に凄いよ」

場所や人数ではないのです。何処まで伝わるかが大事です。それとお役に立つかですね。いつも講演後は自問自答します。

受験不合格

「おとうさん、ごめん不合格だった。私学受験していい？」

「受験してどうするの？」

「友達も志望校が不合格で親に勧められた私学を受験するから」

「何のために大学に行くの？　もう一度よく考えなさい。入ることが最終目的ではないよ。卒業して世の中の役に立たないとだめだよ。それなら一浪しなさい」

「えぇ？　一浪」すぐに答えは返ってこなかった。一浪か働くかの二者択一しかなかった。チームメイトは18人。1人を除きみんな進学。本人は悩んだ。学校の担任にも相談して決めた。

「おとうさん浪人するね」

受験はそんなに甘くはなかった。長い人生でたった1年。結果はどう出るかわからないが再度チャレンジすることに意味はあると思う。本人にとって初めての挫折。でも、予備校も自分で決めた。目指すは県立高知工科大学。浪人するにあたり、一つだけアドバイスした。息抜きが必要だ。週1回、バイトしないか？

「えぇ？　バイトするの？」

ただ単にバイトするのが目的じゃないよ。社会に出るとコミュニケーションが大事になる。コミュニケーションの勉強をしてきなさい。必ず後で役に立つからと四条河原町近辺で一番の繁盛店「おにかい」に蔵馬を預けた。

社長の五十棲くんとは前職の時からのお付き合い。フミコが亡くなる3カ月前にバーベキューをしているので蔵馬とも面識がある。結局、週2回お世話になった。

真面目に予備校に行く蔵馬。毎週火曜日と金曜日にバイトに行く。「えぇ？　浪人生にバイトを勧める」と周りからは言われたが、蔵馬は真面目すぎるので息抜きとなる別の場所が必要だと思った。一番の目的はコミュニケーションの勉強をしてもらうことだけれど。「おにかい」は社員教育が行き届いている。京都で言う「おもてなし」が凄い！　蔵馬の仕事は、皿洗いがメインで少しだけホール。店長は女性、蔵馬がアルバイトで一番年下だったから、大事にしてもらう。毎日楽しそうだった。家でもお皿洗ってくれないかなあ……（笑）

ある日、蔵馬が「お父さん、いつお店に来てくれる。バイト見に来て欲しい」。蔵馬にそう言われたので、長尾くんと孝次先輩、ＮＨＫのディレクターの４人で行った。楽しそうに働く姿を見せてもらった。

２０１６年度が始まった

雄祐は中学2年生に、孝太は小学校４年生。雄祐はバスケットボール部に入部したが1年の3学期に退部し野球部に。1月に部活で骨折したとき、完治する前に雄祐が言った。「お父さん、髪の毛を刈ってくれる？　坊主に。バスケ辞めて野球部に入部するから」

雄祐らしい決断に笑ってしまった。まぁ自分で決めたことだからＯＫである。孝太は雄祐が野球に復帰することを喜んでいる。もちろん蔵馬も。

２０１５年から卒論のお手伝いをするようになった。最初は、立命館大学の学生。

「父子家庭をテーマに卒論を書きたいのでお手伝いお願いします」

ネットで検索すると、ＮＰＯ法人のＨＰにたどり着いたようだ。

２０１６年の学生さんには話の流れでグリーフケア1級アドバイザーのカードを見せた。すると、学生さんが実は私は父子家庭で育ちました。他人に言うのは初めてです。「シングルマザーの支援はあるのですが父子家庭支援はないですね」とも言われた。驚いた。

「実は互いにとって凄いインタビューになる。なぜならば、私は学生を通して子どもたちの気持ちがわかる、学生は私を通して父親の気持ちがわかる。

双方向の気持ちを理解できるのだ」と言われたことも。お2人とも勉強熱心だった。少しでもお役に立てればと思う。

第12話　人のお役に立ちたい

四日市市

7月初旬、登録していない番号から着信があった。

「四日市市ひとり親家庭福祉協力員協議会ですが、10月に京都に研修旅行に行きます。その一環で講演をお願いできないでしょうか？」との連絡だった。ネットで父子家庭と検索すると「NPO法人京都いえのこと勉強会」にヒットしたようだ。講演前にいつもお世話になっている子育てセミナーの担当の方から、

「6月にマクリン幼稚園で講演に参加された方が、乳がん検診に行かれ乳がんとわかり手術されました。もしあの講演を聴いていなければ検査に行ってなかったと言っていました」

とっさに言葉が出なかったけれど、お役に立てたと思った。

講演後、会長から声を掛けられた。

「この話は大事な話です。感動しました。もっと京都で広まらないの？」

「京都は成熟しないと手を出しません。私も京都人ですから（笑）」

「では四日市市で広めます」

ついに上智大学グリーフケア研究所で登壇

続いて、10月には上智大学大阪サテライト校グリーフケア研究所の登壇の日を迎えた。朝からいつもより緊張。29名の生徒（社会人）の前で講演した。

今回も、かんさい情報ネットｔｅｎのＤＶＤを冒頭に。全員前のめりで見てくれて、いきなり数名が涙。その後も泣き笑いが起こり、時間通り90分で終了した。

「死別父子で発信される方がおられません。お話をすることで実はご自身がグリーフケアされていると思いますよ」と大河内さんに言われ頷いた。

今回の講義では、蔵馬からの手紙を自分で朗読した。いや、自分で朗読することができた。死別後2〜3年だったら人前では話せないだろうな、自分がきつくなるだろうなぁと思った。グリーフは人それぞれだが、私は5年の月日が必要だったと改めて感じる。人前で話すことで、自分のグリーフケアが出来ていると確認できたことは大きかった。

「未だに涙は出ますが」

「それでいいんです」とアドバイスをもらう。

少しは人の役に立った

11月に、前職・ダスキンの全国大会に登壇。ついに本社社長の前での講演。緊張するというより率直に嬉しい。一社員が管理職を経て社長になる。その2年後に妻を亡くし、キャリアを捨てる。それでも、今までの繋がりで講演の依頼をいただいた。当日は顔なじみの本社の方や加盟店の方もいる前での講演。働きさん（社員）、管理職、社長、主夫の目線で話が出来る。

「学べば即実践」のテーマで講演。講演会後の懇親会で本社社長からは、

「どんな偉いコンサルタントの話を聴くより、リアルにご本人が経験された話は心をうたれます。色々な決断があったと思いますが決断は間違ってない

と思います。生き生きされていることが全てです！」

と声を掛けられた。嬉しかった。

年内の講演もあと1回。今年はシンポジウムを入れて14本。「もっとガツガツ行けば」と言われるが、必要とされているところから声が掛かるのでそれでいいといつも話す。

そんな時にまた登録していない番号で着信が。四日市市川島地区青少年育成推進協議会の会長から、来年２０１７年2月の講演依頼だった。10月の京都での講演に参加いただいた方からの推薦だった。「無茶苦茶ありがたい！」

お母さんがいないのは4歳から

先日孝太と話していた。

「お母さんはいつからいないと気づいた」

「4歳頃かなぁ」

「お父さん、仕事して毎晩遅く帰ってきてもよかった？」

「それは嫌やなぁ。今はいいけど」

会社を辞めたときママ友に言われた。

「3年生までは傍にいてあげてください。会社を辞めたときは大変だけど、私は正解と思います。お金で買えないことを子どもたちに伝えてください」

今出来ることを優先したが、「本当にこれで良かったのか」と自問自答した。

ある日、知り合いの女性から、

「実は私、母子家庭で育ちました。母親はもちろん仕事をしてました。なに不自由なく過ごしました。色んな物を母は与えてくれました。でも本当に欲しかったのは物ではなかったんです。母親に傍にいて欲しかったんです。キモトさん正解ですよ！」と言われる。

またある方からは、

「離婚し、一生懸命働き、娘に不自由ないようにしてきたつもりですが、娘が20歳になり一緒にお酒を呑みに行ったとき、娘に言われたんです。『もっと傍にいて欲しかった』……ショックでした。」

と言われた。

ひとりは育った側の思いで、もうひとりは育てた側の思いだ。仕事を捨てた決断の答えは、世間ではなく、子どもが大人になった時に答えを出してくれると思う。

12月に生命保険会社の担当者の方からメール。

「保険会社も死別父子家庭の現状を勉強することが必要です」と書かれている。何度かメールのやり取りをする。1月25日に東京でマネージャークラス200名の前で講演をすることになった。

2016年も早かった。来年は、四日市市での講演が決まっている。沢山の方のおかげで少しずつ着実に広まってきた。さぁ、どんな1年になるのか今から楽しみだ。

2017年が始まった

元日は、恒例の鞍馬寺参り。大晦日は3兄弟が遅くまで起きていたが、私より早起きで起こされた。

「お父さん、オレ走って登るね」と雄祐。

「オレは孝太と一緒に、お父さんケーブルカーで」と蔵馬。山頂に行くと雄祐が、「13分かかった」と額に汗。4人で手を合わせるが、線香は5本。

「お父さん、何で5本」

「お母さん入れて5人でしょ！」

さぁ、２０１７年が始まった。

蔵馬の2度目のセンター試験が始まる。昨年とは大違い。何か余裕があるように見える。雄祐が言った。
「去年はテストが終わってから隣の席の人がざわざわしていて集中出来なかったと言っていたよね。今回も言い訳したらダメやと思うわぁ！」
よく見ている（笑）
今までの結果が出る場。いまさら「頑張れ」など言っても仕方がないけれど、それでも言いたい。蔵馬頑張れ!!

昨年末に生命保険会社から届いたメールは「女性にも手厚い死亡保険金をかけるべきだ。そのためにも死別父子家庭の状況を知りたい」という内容だった。

8年が経過しようとしているので、振り返ってみると、当時は冷静ではなかったし、亡くなった当時はお金では困ってなかった。なぜならお香典を預かっていたから。お金のことは対応できた。

今振り返ると、お金のフォローよりも適切なアドバイスが必要だった。例えば、区役所への書類の提出、銀行口座の手続き、お布施の金額、相続のこと。ここのポジションを担う人がいないと感じた。「生命保険会社の担当者さんじゃないですか？　寄り添ってアドバイスが欲しかったんです」と当時を振り返って伝えた。すぐに、メールが来た。

「ぜひ講演してください。お金（保険金）以外にどんな援助がありますか？」

心の援助ではないでしょうか？　当事者、遺族に寄り添うことが大事だと思います。それは今後の仕事に繋がると思いますよ。

死別父子家庭は「お金があるから大丈夫」と思われる。お金があるからとは、仕事をしているからと言うことで括られる。女性の家事から仕事へのシフトチェンジに比べて、男性の仕事から家事へのシフトチェンジは難しいように思う。まだまだ理解されていないのが死別父子家庭の現状。

1月25日、フミコと再会した記念日に生命保険会社で講演する。これも何かの因縁なのだろうか？　緊張するが何か嬉しい。フミコからのプレゼントだと思った。

いつもながら登壇する前は異様に緊張する。しかし登壇すると緊張感はなくなる。今回は全国の支社長や営業部長の前で講演。参加者は２００名。年齢的には私と同世代の方々だと思う。

最後の蔵馬の手紙に、会場は涙で包まれた。終了後控室で担当の方から、「キモトさん、本日４人の講師が登壇されましたが一番拍手が大きかったです。参加者の心に響きました。生命保険会社の担当者として進むべき道が見えたような気がしました」と。

お役に立てて良かった。

8回目の命日

8回目の命日が近づく。命日反応に涙が出る。亡くなった当時を振り返ると、相当辛かったけれど、先輩やフミコの親友、ママ友に聴いてもらったことが一番のグリーフケアだった。

１年ごとに記憶が薄れていくと言われる方もおられるが、私は1年ごとにフミコの存在を近くに感じるようになった。仕事を辞める時も、フミコに腕を引っ張られたような気がする。会長の「いつまで引きずっている」の一言は、自分だけではなくフミコに対しての言葉でもあった。

「もういいよ、ツトムくん！」

とフミコが言ってくれているような気がした。退職してからは、頭で描いたことが一つひとつ、一歩一歩進んで行った。まさかのNPO法人の設立に、遺族厚生基礎年金、そして不思議な出会いを必然と感じる。亡くなったと受け止めるまでに5年かかったが、それから全てが変わった気がしてならない。理屈では言い表せないことが起こる。

自分ではやらないことをやってしまう。いつもなら手を抜いてしまう洗い物を何故か最後まで洗ってしまう。孝太のおにぎりのご飯の準備をせずに寝てしまい、夜中に目が覚めお米を洗い出す。8回目の命日を迎える。

孝太スイッチONに

孝太は4年生になって俄然やる気になった。新しい担任の先生との波長がバッチリ合ったからなのか、全てが変わっていく様子が毎日の生活で手に取るようにわかる。褒められることが好きな孝太。褒めつつ、うまく注意するエリ先生に信頼感を持つ。

　ある日、担任の先生から連絡があった。

「今日、みんなに『宝物を書いて』と用紙を配りました。孝太くんの宝物ってなんだったと思います？　物凄いことを書き発表しました。『お母さん』って書いたんですよ。クラスの雰囲気が変わりましたね」

　母親の記憶がない孝太。蔵馬、雄祐はたまに母親の話をするが、孝太を気遣い多くは話をしない。孝太は孝太で「お母さんってどんな感じ？」とも聞かない。母親がいない生活が普通になっているからだ。可愛そうという気持ちはもちろんある。一度専業主夫をしたおかげで目線が母親になっている。孝太を愛おしいと思うようになっている。

　毎週末に野球の練習に行く孝太。蔵馬、雄祐が野球に行っていたときは玄関で「行ってきます！」と言葉を交わして終わっていたが、孝太にはなぜか外に出て手を振りたくなる。自転車に乗る孝太は、出発前に一度ふりかえり手を振る。路地を曲がる時もこちらを確認する。3兄弟の中でも、とびっきり明るい孝太。事情をしらなければ、「なんて明るい子ども」と思われる。

孝太が2歳の時から育てている。パンパースの取り替えから始まり、乳児園、保育園、小学校に少年野球。そして兄弟との絆。寂しいシグナルを発信していたこともあった。「傍にいないといけない、今を逃すと絶対に後悔する」と思った。そしてキャリアを捨てた。孝太は「ただいま!!」と大きな声で帰ってきてくれた。

仕事を捨て得たものも一杯ある。母親の気持ちがよくわかるようになった。特に子どもを思う気持ち。それは傍で育てることでやっとわかった。子どもの成長に一喜一憂することが楽しいし。また親も成長させられると思った。

不思議と、専業主夫になったころから冷静に子どもたちを見られるようになった。そして、3人それぞれに人格があるから、それぞれの対応が必要。「褒める」「怒る」「伝える」「行儀」など、本質を変えずに言い方を変えなければいけない。

言い方が適切ではないかもしれないが、親の役目は子どもを育てて、世に放つこと。そして世の中の役に立つ子に育てること。フミコがいた時は、

「何でそんなに蔵馬に手をかける？　自分で出来なくなるよ！」と思っていた。しかしいざ自分が子育てをするといつまでも、いやいつも気になる。あれ、母性が強いの？　でも母性じゃなく父性。父性が研ぎ澄まされている（笑）

蔵馬おめでとう

午前11時半に蔵馬から電話。

「お父さん、合格したよ！」おめでとう!!

とてもうれしい。心からおめでとうと思う。半面、巣立つことが決まった蔵馬に寂しさも感じる。浪人して学んだこと、またコミュニケーションを学ぶために「おにかい」でバイトしたことが結果的にはよかった。「おにかい」のオーナー・五十棲くんにお礼の電話をする。

「預かってくれてありがとう。浪人しているのに『バイト』と言う人もいたけど、コミュニケーションをとれないと人間関係上手くいかない。それをバイトで学んだ。これは今後の人生にとって非常に大きいと思う。まして超繁盛店でバイトしたことは財産になるよ」

とにかく自信になったと思う。

次は雄祐

来年は雄祐が高校受験。

「何で高校にいかないといけないい？」と小学校5年生の時に言われた。中学2年生になっても「高校」の「こ」の字も口にしなかった。ようやく自分で将来のことを口にするようになった雄祐。

「お父さん、高校から硬式テニスするわ。それとアメリカに行きたいと思っている。いつの日か会社の社長として」

はっきり物を言う。たぶん私が言い続けてきた「自分で決めなさい！」が根づいているのだろう。自分の信念は曲げない。

蔵馬が受験勉強で苦労する様子を見て来た。

雄祐にも初めての試練である受験が待ち受けている。1年後どんな結果が待っているのだろうか。

完全に社会復帰

２０１７年4月から、知人の会社の役員に就任する。これまでは、社会復帰したといっても正社員ではなくパートであった。また違う心持ちだ。社長時代はハローワークに人材を求める側だった。職場を捨てると仕事を求める側になる。40歳を超えると、自分が望む仕事はないと知った。今までのキャリアを生かせればそれに越したことはない。孝太が5年生になり完全に手が空く。フルタイムで仕事が出来る。

死別父子で繋がる友人の大半は、一度は仕事を辞めている人が多い。子どもの年齢や家庭の事情もあると思うが、死別してから普通の生活に戻れるようになるには、４年半から5年かかる。子どもからの手が空くと仕事に復帰できる。死別してからのさまざまな経験が、必ず活きるし、会社に貢献できることに繋がると思う。

だから、企業は雇用し続けなければいけないのではないだろうか。ここにもそれぞれ企業の事情はあると思う。しかし、父子家庭の父親を雇用することが、企業としての社会貢献になって欲しいと思う。

講演も広まってきたが何事も一気にはいかない。「天狗になってはダメ」

とフミコに言われている気がする。４月からお世話になっている企業からは、「講演活動はしていただいて結構です」と言われている。

シングルのお母さんお父さんを雇用し子供を預かる企業主導型保育も運営する会社なので、自分の繋がりや経験が活かせる。

新聞社から取材の依頼。また関西遺族会ネットワークから講演依頼が。卒論のお手伝いをした京都ノートルダム女子大学では、「身近な人との別れ」をテーマに講演させてもらうことに。凄い繋がりになってきた。

信念しかなかった

人生が変わったのかもしれない。いや、変わった。あのとき、「今、何が必要か」と自問自答して、私は「子どもの傍にいること」を選んだ。人からは、

「血迷ったのか？」

「子どもたちの将来は？」

「どうやって食べていくの？」

「再婚すれば全て解決するんじゃないの？」と言われたこともある。

気にかけていただくことは非常にありがたかった。しかし、現実に向き合い生きていくのは自分である。だから、自分が信じる道を進まねばならない。決してフミコの死を無駄にしたくない、と思った。

必ず自分たちの生き方が世の中のお役に立つと思った。信念以外の何物でもなかった。一歩ずつ、一年ずつ、役に立てるようになってきている気がする。そして、1年1年、フミコの存在を近くに感じるようになってきた。

ブログを書き始めた時から、「いつか本になり、映画化されるのでは」と思っていた。NPO法人を設立して改めて、本になり、映画化され、より多くの人の目に届くようになることが、死別父子家庭の究極の発信になると思っていた。

映画化の際には、私の役を阿部サダヲさん、フミコの役を黒木華さんにお願いしたい（笑）。そして、その映画は世界配信され、アカデミー賞のレッドカーペットを原作者として歩いている姿まで描いているのだ（笑）。

フミコの繋がりと主夫9年生から

フミコが亡くなって8年、子どもたちは20歳、14歳、11歳になった。事情を知らない人から、「愛情いっぱいに育てられたのだろうなあと感じます」と言われる。

「母親とは死別ですが」と言うと、決まって驚かれる。子どもたちの、弾けんばかりの笑顔を見たら、少しだけ、自分の子育てにマルをもらっているように感じて嬉しい。ここまで来られたのも、フミコのガンがわかったときから支えてくれたり、ブログを読んだり近くで接してずっと見守ってくれた方たちがいたからだ。特に、フミコの遺してくれた繋がりが大きかった。フミコの友人・チヅルさんからこんなことを言われた。

「最初は、どうなるんだろうと不安だった。けれど、フミちゃんがいなくなってから、色んなことを話すようになって、キモトくんがどのくらい、どんな風に、フミちゃんのことを想い、子どもたちのことを想っているのかが理解できた。仕事を辞めるとき信念があったもんね。それが全然ぶれていないし、常に今を大事にしていると感じたから大丈夫だと思った。陰ながらしか応援出来ないけれど、いつも報告してくれるキモトくん。フミちゃんも一つ一つ確実に仕事をこなす子だったから、やっぱりフミちゃんと二人三脚だね」

フミコの幼馴染みのヨッチョにも、
「フミコは間違いなくいるよ。キモトくんと会って話をすると、気配というか存在を感じるもん。いつも帰る時に寂しくなるからね」と言われた。フミコ、君がそこに居ること、みんなちゃんと気づいているからね。

8年が経過すると、自分は何も特別ではないと感じるようになった。ある時から「いつしか誰もが通る道を、お先に進んでいるだけ」と思うようになったのだ。

死別は、ある期間は特別に扱って欲しいと思う。心も体も気持ちも今まで通りにいかないから。しかし、ある期間を過ぎると「いつまでも特別ではない」と思うようになるのだ。

仕事でもプライベートでも「奥様は？」という話になる。特に子どもを連れていると、「今日、お母さんは？」と尋ねられる。「母親は亡くなったんです」と言うと、多くの場合は「ごめんなさいね」と言われる。

亡くなった当時は何とも思わなかったが、今その言葉を聞くと「もう、ごめんなさいって言葉はいらないよ」と思ってしまう。8年も経過すれば、自分は特別じゃないから。

今後も、私が歩んできた道を歩く方がおられるだろう。そのときに、少しでも道標になれればと思う。元気を与えるとか、勇気を与えるとか、そんな大層なことは思っていない。

ただ、言えることは「現実を受け止めどうするかが一番大事」だということ。そして、親子でどれだけ笑顔になれるかが、とっても大事だということだ。やっぱり親子は、一番の信頼関係で安心印のように思うから。こうしてアドバイスしているけれど、我が家のドラマもまだまだ続く。

最後に、沢山の方々に支えていただき、繋がりをいただいた。その繋がりは、天国でフミコが結んでくれたものだと思う。死別は人生にとってプラスではなかった。ただ、パワーをもらえたことは事実だ。

「いつまで引きずっている」

という、そのときは重くのしかかった一言のお陰で、今の人生を歩ませていただいているのだから、本当に不思議なものだ。今後も、父子家庭の現状を発信し続けます。

1月25日は、フミコと出会った記念日。毎年2人で食事に行っていた。

2007年1月25日にフミコからもらったメール。この想いが子どもたちに届きますように！

出逢って15年！　本当にいろんなことがあったけれど、優しいツトムくんと可愛い子供たちと共に過ごせることに感謝しています。ありがとう。これからも私たちらしく、そして子どもたちが「お父さん・お母さんが私たちで良かった」と思ってくれる日々を過ごしたいと思っています。

2007年1月25日　フミコより

あとがき　いつも5人

愛妻が亡くなりいきなり3人の子どもの子育てが私にバトンタッチされた。父子の子育ては弧立する弧育《こそだ》てになると言われた。しかし妻が遺してくれたママ友の存在は大きく、コミュニティに溶け込み子育が出来た。

振り返ると悪戦苦闘の家事（いえのこと）に子育てだった。家事には終わりがないことに気づき、家のこと、地域のこと、子育てのことなど妻に任せっぱなしで申し訳なかったと大いに反省している。そして子育ては親育て、育児は育自とママ友に教得られた。

ある時から子育てをドラマと思うと子育てが楽しくなった。悲しみと向き合うまで5年が必要だったが、向き合うことが出来てから不思議な運命が始まった。つながりがつながりを呼んでくれた。

きっと天国で妻が手と手を結んでくれているとのだと思う。8年経過した今でも妻のことを想うと涙が出る。

最近、涙を流すときは妻も涙を流し、逢いたいと思うときは妻も逢いたいと思っているに違いない。今でも妻とは上手に付き合っていると確信している（笑）。妻に託された人生、３人の息子を通して日々進化させてもらっている。

次男雄祐が言った「いつも５人！」の言葉を噛みしめ主夫10年目が始まる。この度、多く方々の励ましのもと、株式会社「祇園マネジメントサービス」の塩路社長から「ぱるす出版」の春日栄前社長を紹介され、その流れで同社の現社長梶原純司氏のおほねおりで出版にこぎつけました。心から感謝いたします。

平成30年11月吉日

木本　努

著者紹介　木本　努（きもと　つとむ）

特別非営利活動法人「京都いえのこと勉強会」理事長、（株）Tn 取締役、上智大学グリーフケア研究所人材養成講座非常勤講師

1963年京都市生まれ、82年3月京都府立洛北高校卒業、85年2月ダスキンの加盟店入社、2006年4月同社代表取締役を経て、13年10月同社退職。14年1月個人事務所Safu（せーふ）設立、11月特定非営利活動法人京都いえのこと勉強会設立・同会理事長、17年4月（株）Tn取締役就任。一般社団法人日本グリーフケア協会グリーフケア・アドバイザー1級

現在、法人活動の傍ら自らの体験を中心に各地で講演。多くの人に大きな感動を与えている。

〒606-0806 京都市左京区下鴨蓼倉町71-6
特定非営利活動法人　京都いえのこと勉強会
mail: info@kyoto-ienokoto.jp
理事長　木本　努

シングル父さん子育て奮闘記

平成31年1月20日　発行

著　者　木　本　　努
発行者　梶　原　純　司
発行所　ぱるす出版 株式会社
東京都文京区本郷2-25-14　第1ライトビル508　〒113-0033
電話（03）5577-6201　FAX（03）5577-6202
http://www.pulse-p.co.jp/
E-mail info@pulse-p.co.jp/
カバー・表紙デザイン　山口　桃志
表紙カバー写真提供　㈱ミック・グループ　フォトアトリエ・ミック

印刷・製本　株式会社東港出版印刷株式会社

ISBN 978-4-8276-0245-6　C0011